Ⓢ新潮新書

新潮社 編
Shinchosha

人生の鍛錬

小林秀雄の言葉

209

新潮社

はじめに

小林秀雄は、一九〇二（明治三十五）年四月、東京に生れ、一九二九（昭和四）年九月、「様々なる意匠」によって文壇に登場、以来ほぼ半世紀、一九八三（昭和五十八）年三月の永眠に至るまで、わが国近代批評の創始者・確立者としてだけでなく、二十世紀の日本を代表する知性として、またひろく人生の教師として、多くの読者に慕われ続けました。

没後まもなく二十五年になろうとする今日なお、その文章は熱心に読み継がれています。これは、小林秀雄が、文学・芸術の分野はいうに及ばず、歴史、哲学、社会、科学の分野にまで深く分け入り、人間が人間らしく、日本人が日本人らしく、この激しく荒々しい時代をはつらつと生きていくには、人それぞれ何を心がけ、どういう道を歩んでいくべきか、常にそこを見つめて言葉を発していたからでしょう。

そういう小林秀雄の言葉を、『小林秀雄全作品』（全二十八集別巻四、新潮社版）から選び、発表年月の順に配列しました。読者のよき伴侶となれば幸いです。

二〇〇七年三月

新潮社

本文各項末尾の（　）内は、出典および『小林秀雄全作品』の収録巻と収録頁である。〈（「様々なる意匠」1 - 一三五）〉とあれば、出典は「様々なる意匠」であり、掲出文は『全作品』第1集の一三五頁から採ったことを示している。なお巻末に出典年譜を付した。

人生の鍛錬——小林秀雄の言葉◇目次

1

批評とは竟に己れの夢を懐疑的に語る事ではないのか

【小林秀雄の歳月1】大正十五〜昭和五（一九二六〜一九三〇）年　二十四〜二十八歳

小林秀雄の出発は、大正十一年十一月、二十歳で発表した小説「蛸の自殺」だった。しかし、批評家としての大きな第一歩は、大正十五年十月、二十四歳で発表した「ランボオI」だ。これはまた、小林秀雄自身の青春の自画像ともなった。そして昭和四年九月、雑誌『改造』の懸賞評論に、自らの批評家宣言ともいえる「様々なる意匠」で応じて二席に入る。それまで、文芸批評といえば他人の作品を好き勝手に品定めするか、マルクス主義などの主張を作者に押しつけるかのどちらかであった。小林秀雄はこれらに、特に後者に、真っ向からかみついた。文学は、作者の人生、人間性の表現だ、それなら批評も、批評する者の人生、人間性の表現でなければならぬ――、そう断言して文壇に躍り出た。翌年四月、『文藝春秋』に文芸時評「アシルと亀の子」の連載を開始する。日本の文学界は、この小林秀雄の登場によって大きく転回し始めた。

宿命というものは、石ころのように往来にころがっているものではない。人間がそれに対して挑戦するものでもなければ、それが人間に対して支配権をもつものでもない。吾々の灰白色の脳細胞が壊滅し再生すると共に吾々の脳髄中に壊滅し再生するあるものの様である。

（「ランボオⅠ」1-八七）

凡《およ》そものが解るという程不可思議な事実はない。解るという事には無数の階段があるのである。人生が退屈だとはボードレールもいうし、会社員も言うのである。

（「測鉛Ⅱ」1-一一〇）

批評とは生命の獲得ではないが発見である。

（「測鉛Ⅱ」1－一一一）

遠い昔、人間が意識と共に与えられた言葉という吾々の思索の唯一の武器は、依然として昔乍《なが》らの魔術を止めない。劣悪を指嗾《しそう》しない如何《いか》なる崇高な言葉もなく、崇高を指嗾しない如何なる劣悪な言葉もない。而《しか》も、若《も》し言葉がその人心眩惑《げんわく》の魔術を捨てたら恐らく影に過ぎまい。

（「様々なる意匠」1－一三五）

「自分の嗜好《しこう》に従って人を評するのは容易な事だ」と、人は言う。然《しか》し、尺度に従って人を評する事も等しく苦もない業《わざ》である。常に生き生きとした嗜好を有し、常に溌剌《はつらつ》たる尺度を持つという事だけが容易ではないのである。

（「様々なる意匠」1－一三六）

人は如何にして批評というものと自意識というものとを区別し得よう。彼（ボオドレエル」の批評の魔力は、彼が批評するとは自覚する事である事を明瞭に悟った点に存する。批評の対象が己れであると他人であるとは一つの事であって二つの事でない。批評とは竟《つい》に己れの夢を懐疑的に語る事ではないのか！

（「様々なる意匠」1－一三七）

人は様々な可能性を抱いてこの世に生れて来る。彼は科学者にもなれたろう、軍人にもなれたろう、小説家にもなれたろう、然し彼は彼以外のものにはなれなかった。これは驚く可き事実である。

（「様々なる意匠」1－一三八）

人は種々な真実を発見する事は出来るが、発見した真実をすべて所有する事は出来ない、或る人の大脳皮質には種々の真実が観念として棲息《せいそく》するであろうが、彼の全身を血球と共に循《めぐ》る真実は唯一つあるのみだという事である。雲が雨を作り雨が雲を作る様に、環境は人を作り人は環境を作る、斯《か》く言わば弁証法的に統一された事実に、世の所謂《いわゆる》宿命の真の意味があるとすれば、血球と共に循る一真実とはその人の宿命の異名である。

（「様々なる意匠」1－一三八）

卓《すぐ》れた芸術は、常に或る人の眸《まなざし》が心を貫くが如き現実性を持っているものだ。人間を現実への情熱に導かないあらゆる表象の建築は便覧《マニュエル》に過ぎない。人は便覧《マニュエル》をもって右に曲れば街へ出ると教える事は出来る。然し、坐った人間を立たせる事は出来ない。人は便覧《マニュエル》によって動きはしない、事件によって動かされるのだ。強力な観念学は事件である、強力な芸術も亦《また》事件である。

（「様々なる意匠」1－一四二）

人はこの世に動かされつつこの世を捨てる事は出来ない、この世を捨てようと希《ねが》う事は出来ない。世捨て人とは世を捨てた人ではない、世が捨てた人である。

（「様々なる意匠」1－一四四）

諸君の精神が、どんなに焦躁な夢を持とうと、どんなに緩慢に夢みようとしても、諸君の心臓は早くも遅くも鼓動しまい。否、諸君の脳髄の最重要部は、自然と同じ速度で夢みているであろう。

（「様々なる意匠」1-一四四）

中天にかかった満月は五寸に見える、理論はこの外観の虚偽を明かすが、五寸に見えるという現象自身は何等《なんら》の錯誤も含んではいない。人は目覚めて夢の愚を笑う、だが、夢は夢独特の影像をもって真実だ。

（「様々なる意匠」1-一四七）

近代人の神経は病的であり鋭敏であると人は言う。成る程近代人の神経は健康ではないかも知れない。然し決して鋭敏ではないのである。古代人の耳目は吾々に較べれば恐らく比較にならぬ位鋭敏なものであった。吾々はただ、古代人の思いも及ばぬ複雑な刺《し》戟《げき》を受けて神経の分裂と錯雑とを持っているに過ぎない。

（「志賀直哉」1-一六二）

私は所謂慧眼《けいがん》というものを恐れない。ある眼があるものを唯一つの側からしか眺められない処を、様々な角度から眺められる眼がある、そういう眼を世人は慧眼と言っている。つまり恐ろしくわかりのいい眼を言うのであるが、わかりがいいなどという容易な人間能力なら、私だって持っている。私は慧眼に眺められてまごついた事はない。慧眼の出来る事はせいぜい私の虚言を見抜く位が関の山である。私に恐ろしいのは決して見ようとはしないで見ている眼である。物を見るのに、どんな角度から眺めるかという事を必要としない眼、吾々がその眼の視点の自由度を定める事が出来ない態《てい》の眼である。

（「志賀直哉」1－一六八）

近代人が自意識の過剰による自己分析で、己れの性格を破産させるという事は悲惨な事に違いない、然し如何なる性格破産者も彼独特の面貌を、彼独特の行動を拒絶出来ないという事は滑稽《こっけい》な事である。自然は人間に性格の破産を許すが、性格の紛失は許さない。多くの人々は性格破産のこの悲惨を見て、この滑稽を見ない。人々に人間の性格が屢々《しばしば》人間の心理と誤られる所以《ゆえん》であり、性格は己れの思う儘《まま》に消費し、獲得する一物体の如く錯覚される所以である。

俺は冷くなった炬燵《こたつ》に頬杖をつき、恐る恐る思案した。――俺を支えているものは俺自身ではなく、ただ俺の過去なのかもしれない。俺には何んの希望もないのだから。だけど、俺が俺の過去を労《いたわ》ろうとすればするほど、それは俺には赤の他人に見えて来る。

（「志賀直哉」1-一七一）

（「からくり」1-一八一）

水掛論なるものが一体、両方に正しい理窟があるものじゃない、中途までしかものを考えない内に議論を始める処から起る現象である。

（「アシルと亀の子Ⅰ」1-一九〇）

勇ましいものはいつでも滑稽だ。人間の真実な運動が勇ましかったためしはないのである。

（「新興芸術派運動」1-二〇六）

見るという単純な事も、点検してみればどれ程複雑な現象であるか知れたものではない。私と画家とが同じコップを眺める、画家の眼の網膜が、無限の光線の戯れの中から、私の網膜がとらえると同じ分量の光線をとらえているなどと思ったら飛んでもない間違いであろう。すべては眼の構造如何《いかん》にかかっている、眼の構造は又眼球使用の習練如何にかかっている。頭は知識で肥え、筋肉は運動で強くなるが、眼は、どうして利《き》く様になるか判然しないから、視る習練などという事を普通考えてみないだけだ。

（「アシルと亀の子Ⅲ」１‐二二二）

心理とは脳髄中にかくされた一風景ではない。また、次々に言葉に変形する太陽下にはさらされない一精神でもない。ある人の心理とは、その人の語る言葉そのものである。その人の語る言葉の無限の陰翳《いんえい》そのものである、と考えればその人の性格とは、その人の言葉を語る、一瞬も止まる事なく独特な行動をするその人の肉体全体を指す、という考えに導かれるだろう。

（「アシルと亀の子Ⅳ」１‐二二四）

世間には、味も素気もない人物がたんといて、而も、味も素気もない人物とは、大抵、学問もあり悧巧《りこう》な人物と相場が決っているから不思議である。まるで味も素気もなくなる為に学問をして、悧巧になったという面をしている。

（「アシルと亀の子V」１‐二四四）

時として、私が街々を行く人々に見附ける、あの無意味な程悲し気な顔は、自分の秘密は秘密にして置きたいと希う無意味な程悲し気な心を語っているのであろうか。この街行く人々の心が、心の奥底までも歌い切りたいと希う世の最上詩人等の心から、そう隔ったものとも思われぬ。私は、手を拱《こまぬ》いて自分の硬《こわ》ばった横顔を思う。

（「ランボオⅡ」２‐一四七）

浅草公園の八卦《はっけ》やが、私は廿二歳の時から衰運に向ったと言った。私が初めてランボオを読みだしたのは廿三の春だから、ランボオは私の衰運と共に現れたわけになる。

（「ランボオⅡ」２‐一四九）

彼〔ランボオ〕は私に何を明かしてくれたのか。ただ、夢をみるみじめさだ。だが、このみじめさは、如何にも鮮やかに明かしてくれた。私は、これ以上の事を彼に希いはしない、これ以上の教えに、私の心が堪えない事を私はよく知っている。以来、私は夢をにがい糧《かて》として僅《わず》かに生きて来たのかもしれないが、夢は、又、私を掠《かす》め、私を糧として逃げ去った。

（「ランボオII」２－一五一）

人の噂を気にするな、と。人の噂を気にする奴に、噂は決して聞えてこない。自分の心をしゃっちょこばらせ、さて噂を聞こうは図々しいのだ。ふと耳に這入《はい》った陰口に、人はドキンとするがいい。

（「批評家失格I」２－一六六）

精神分析学とやらを批評に応用したがる。さぞいい切れ味だろう。心理学というものは頭に来る酒みたいなものだ。安かったと思ってもあとで屹度《きっと》後悔する。

（「批評家失格I」２－一六九）

どんな切実な告白でも、聴手は何か滑稽を感ずるものである。滑稽を感じさせない告白とは人を食った告白に限る。

（「批評家失格Ⅰ」2－一七四）

果して他人《ひと》を説得する事が出来るものであろうか、若《も》し説得出来たとしたら、その他人は初めから、説得されていた人なのではないのか。

（「物質への情熱」2－一九三）

2

君は解るか
余計者もこの世に
断じて生きねばならぬ

【小林秀雄の歳月2】昭和六〜昭和八（一九三一〜一九三三）年　二十九〜三十一歳

昭和六年三月、前年四月から続けた『文藝春秋』の時評を終了、この連載によって批評家としての地位を確立した。四月からは、『改造』『新潮』『読売新聞』等にも活動の場を広げ、七年九月、『中央公論』に「Xへの手紙」を発表する。自己について、世間について、恋愛について……。自分自身の青春を見つめた小説だ。このとき、『中央公論』編集部は小林秀雄に〈小説〉を依頼し、小林も「Xへの手紙」を〈小説〉として書いた。大正十一年の「蛸の自殺」以来、「一ツの脳髄」「女とポンキン」、また「様々なる意匠」の後も「おふえりや遺文」など、小林秀雄は小説も書いていた。しかし「Xへの手紙」が最後となった。以後、小説は書かない。そしてこれからのほぼ十年、文芸時評家として多くの共感を呼び、また反発を招いて時代と切り結ぶ月日が続いた。

困難は現実の同義語であり、現実は努力の同義語である。

（「マルクスの悟達」3－二〇）

感傷というものは感情の豊富を言うのではなく感情の衰弱をいうのである。感情の豊富は野性的であって感傷的ではない。感情が生理的に弱る事を人は見逃さないが、感情が固型化によって衰弱する事は屢々《しばしば》見逃す。心が傷つくという事はなかなか大した事であって、傷つき易《やす》い心を最後まで失わぬ人は決してざらにいるものではない。

（「文芸時評」3－一二六）

悧巧《りこう》に立ちまわろうとしている人を傍でみている位冷々《ひやひや》するものはない、何んて間抜けだろうと思う。

(「批評家失格Ⅱ」3-三〇)

私という人間を一番理解しているのは、母親だと私は信じている。母親が一番私を愛しているからだ。愛しているから私の性格を分析してみる事が無用なのだ。私の行動が辿《たど》れない事を少しも悲しまない。悲しまないから決してあやまたない。私という子供は「ああいう奴だ」と思っているのである。世にこれ程見事な理解というものは考えられない。

(「批評家失格Ⅱ」3-三三)

神経質で、敏感で、いつも自分がいい子になりたいと思っている奴は、時とすると実によく相手の心持ちを見抜くものだ。然《しか》し、自分に関係のない事柄、つまり、どっちにしたって自分はいい子になってられるという場合には、恐ろしく鈍感になるものだ。

(「批評家失格Ⅱ」3-三五)

一体、主観とか客観とかいう言葉も無我夢中で使われている言葉中の王様です。われわれが作品を前にして、われわれの裡《うち》に起る全反応、或《あるい》は生理的全過程を冷然と眺めるのが何が主観的なのですか。それは純然たる客観物です。

（「文芸批評の科学性に関する論争」３-一六八）

独創は本来、珍奇なものでも、華やかなものでもない、心を傾けて自分の資質が表現出来れば、いつも独創的表現になるのである。

（「文芸月評Ⅰ」３-一四二）

どうか、柔軟な心という言葉を誤解してくれない様に。これは、確固たる意志と決して牴触《ていしょく》するものじゃない。

（「文芸月評Ⅰ」３-一四四）

骨折り損のくたぶれ儲けという事がある。これは骨さえ折れば、悪くしたってくたぶれ位は儲かるという意味である。現実的な骨折りをすれば、くたぶれだって現実的な内容をもっている。その内容はいつも教訓に溢《あふ》れている。

（「批評に就いて」3－二一六）

人々は批評という言葉をきくと、すぐ判断とか理性とか冷眼とかいうことを考えるが、これと同時に、愛情だとか感動だとかいうものを、批評から大へん遠い処にあるものの様に考える、そういう風に考える人々は、批評というものに就いて何一つ知らない人々である。

（「批評に就いて」3－二一九）

恋愛は冷徹なものじゃないだろうが、決して間の抜けたものじゃない。それ処か、人間惚《ほ》れれば惚れない時より数等悧巧になるとも言えるのである。惚れた同士の認識というものには、惚れない同士の認識に比べれば比較にならぬ程、迅速な、潑剌《はつらつ》とした、又独創的なものがある筈《はず》だろう。

（「批評に就いて」3－二一九）

人は理智の衰弱で酔う事もある、理智の迅速で酔う事もある。

（「批評に就いて」３－二二〇）

自己宣伝の一番栄えるのは、人が己れを失った時に限る。

（「現代文学の不安」４－一四）

自己嫌悪とは自分への一種の甘え方だ、最も逆説的な自己陶酔の形式だ。

（「現代文学の不安」４－一七）

意地悪くものを見て意地悪く表現するより、率直にものを見て率直に表現する方が遥かに難かしいが、率直にものを見て必然的にその表現が逆説的になるという事には、もっと大きな困難がある。例えば「心の貧しきものは幸いなり」というキリストの言葉は、驚く可き率直が、極端な逆説となって現れた典型であり、又真の逆説の困難を語るお手本みたいなものだ。

（「逆説というものについて」４－五〇）

真の逆説の源には、つねに烈《はげ》しい率直な観察がなければならぬ、割り切れない現実を直覚する鋭敏な知性がなければならぬ。逆説とは弄するものではない、生れるものだ。動いている現実を動いているがままに誠実に辿る分析家の率直な表現である。

（「逆説というものについて」4-五一）

幾度見直しても影の薄れた自分の顔が、やっと見えだしたと思った途端、こいつが宿命的にあんまりいい出来ではない事を併せて見定めた。御蔭で（この御蔭でという言葉を忘れてくれるな）今の俺は所謂《いわゆる》余計者の言葉を確実に所有した。君は解るか、余計者もこの世に断じて生きねばならぬ。

（「Xへの手紙」4-六一）

俺は元来哀愁というものを好かない性質《たち》だ、或は君も知っている通り、好かない事を一種の掟《おきて》と感じて来た男だ。それがどうしようもない哀愁に襲われているとしてみ給え。事情はかなり複雑なのだ。已《や》むを得ず無意味な溜息なぞついている。

俺に入用なたった一人の友、それが仮りに君だとするなら、俺の語りたいたった一つの事とはもう何事であろうと大した意味はない様である。そうではないか。君は俺の結論をわかってくれると信ずる。語ろうとする何物も持たぬ時でも、聞いてくれる友はなければならぬ。

（「Xへの手紙」4-六二）

要するに過ぎて了《しま》った事だ、ふとそう思うだけで俺は自分の過去を語る事がどうにも不可能なように思われて来る。俺のして来た経験の語り難い部分だけが、今の俺の肉体の何処《どこ》かで生きている、そう思っただけで心は一杯になって了うのだ。

（「Xへの手紙」4-六三）

俺は女と暮してみて、女に対する男のあらゆる悪口は感傷的だという事が解った。

（「Xへの手紙」4-七〇）

女は俺の成熟する場所だった。書物に傍点をほどこしてはこの世を理解して行こうとした俺の小癪《こしゃく》な夢を一挙に破ってくれた。

（「Xへの手紙」4－七二）

俺は恋愛の裡にほんとうの意味の愛があるかどうかという様な事は知らない、だが少くともほんとうの意味の人と人との間の交渉はある。惚れた同士の認識が、傍人の窺《うかが》い知れない様々な可能性をもっているという事は、彼等が夢みている証拠とはならない。世間との交通を遮断したこの極めて複雑な国で、俺達は寧《むし》ろ覚め切っている、傍人には酔っていると見える程覚め切っているものだ。この時くらい人は他人を間近かで仔細《しさい》に眺める時はない。あらゆる秩序は消える、従って無用な思案は消える、現実的な歓《よろこ》びや苦痛や退屈がこれに取って代る。一切の抽象は許されない、従って明瞭な言葉なぞの棲《せい》息《そく》する余地はない、この時くらい人間の言葉がいよいよ曖昧《あいまい》となっていよいよ生き生きとして来る時はない、心から心に直ちに通じて道草を食わない時はない。惟《おも》うに人が成熟する唯一の場所なのだ。

女はごく僅少《きんしょう》な材料から確定した人間学を作り上げる。これを普通女の無智と呼んでいるが、無智と呼ぶのは男に限るという事をすべての男が忘れている。

（「Xへの手紙」4－七二）

俺の考えによれば一般に女が自分を女だと思っている程、男は自分は男だとは思っていない。この事情は様々の形で現れるがあらゆる男女関係の核心に存する。惚れるというのは言わばこの世に人間の代りに男と女とがいるという事を了解する事だ。女は俺にただ男でいろと要求する、俺はこの要求にどきんとする。

（「Xへの手紙」4－七三）

心と心との間に見事な橋がかかっている時、重要なのはこの橋だけなのではないのだろうか。この橋をはずして人間の感情とは理智とはすべて架空な胸壁ではないのか。人がある好きな男とか女とかを実際上持っていない時、自分はどういう人間かと考えるのは全く意味をなさない事ではないのか。

(「Xへの手紙」4-七四)

ニイチェだけに限らない、俺はすべての強力な思想家の表現のうちに、屢々《しばしば》、人の思索はもうこれ以上登る事が出来まいと思われる様な頂をみつける。この頂を持っていない思想家は俺には読むに堪えない。頂まで登りつめた言葉は、そこで殆《ほとん》ど意味を失うかと思われる程慄《ふる》えている。絶望の表現ではないが絶望的に緊迫している。無意味ではないが絶えず動揺して意味を固定し難い。俺はこういう極限をさまようていの言葉に出会うごとに、譬《たと》えようのない感動を受けるのだが、俺にはこの感動の内容を説明する事が出来ない。だがこの感動が俺の勝手な夢だとは又どうしても思えない。

(「Xへの手紙」4-七七)

社会のあるがままの錯乱と矛盾とをそのまま受納する事に堪える個性を強い個性という。彼の眼と現実との間には、何等《なんら》理論的媒介物はない。彼の個人的実践の場は社会より広くもなければ狭くもない。こういう精神の果しない複雑の保持、これが本当の意味の孤独なのである。社会は殻に閉じこもった厭人《えんじん》家や人間廃業者等を少しも責めない、その癖いつも生ま身を他人の前に曝《さら》している様な潑剌とした個性には、無理にも孤独人の衣を着せたがる。

（「Xへの手紙」4－八〇）

政治の取扱うものは常に集団の価値である。何故か（この何故かという点が大切だ）。個人の価値に深い関心を持っては政治思想は決して成り立たないからだ。ここにこの思想の根本的な或《あるい》は必至の欺瞞《ぎまん》がある。この必至の欺瞞の為に、政治は自然の速度を加減しようという人間的暴力によって始り乍《なが》ら、いつも人間を軽蔑する物質的暴力となって終るのである。

（「Xへの手紙」4－八二）

俺が生きる為に必要なものはもう俺自身ではない、欲しいものはただ俺が俺自身を見失わない様に俺に話しかけてくれる人間と、俺の為に多少は生きてくれる人間だ。

（「Xへの手紙」4－八五）

たとえ社会が俺という人間を少しも必要としなくても、俺の精神はやっぱり様々な苦痛が訪れる場所だ、まさしく外部から訪れる場所だ。俺は今この場所を支えているより外、どんな態度もとる事が出来ない。そして時々この場所が俺には一切未知なものから成り立っている事をみて愕然《がくぜん》とする。

（「Xへの手紙」 4-八六）

自分の本当の姿が見附けたかったら、自分というものを一切見失うまで、自己解析をつづける事。中途で止めるなら、初めからしない方が有益である。途中で見附ける自分の姿はみんな影に過ぎない。

自分というものを一切見失う点、ここに確定的な線がひかれている様に思う。こちら側には何物もない、向う側には他人だけがいる。自分は定かな性格を全く持っていない。同時に、他人はめいめい確固たる性格であり、実体である様に見える。こういう奇妙な風景に接して、はじめて他人というものが自分を映してくれる唯一の歪《ゆが》んでいない鏡だと合点する。

（「手帖Ⅰ」４‐九七）

文学志願者への忠告文を求められて菊池寛氏がこう書いていた。これから小説でも書こうとする人々は、少くとも一外国語を修得せよ、と。当時、私はこれを読んで、実に簡明的確な忠告だと感心したのを今でも忘れずにいる。こういう言葉をほんとうの助言というのだ。心掛け次第で明日からでも実行が出来、実行した以上必ず実益がある、そういう言葉を、ほんとうの助言というのである。

（「作家志願者への助言」４‐一一九）

実行をはなれて助言はない。そこで実行となれば、人間にとって元来洒落《しゃれ》た実行もひねくれた実行もない、ことごとく実行とは平凡なものだ。平凡こそ実行の持つ最大の性格なのだ。だからこそ名助言はすべて平凡に見えるのだ。

（「作家志願者への助言」４‐一一九）

諸君がどれほど沢山な自ら実行したことのない助言を既に知っているかを反省し給

え。聞くだけ読むだけで実行しないから、諸君は既に平凡な助言には飽き飽きしているのではないのか。だからこそ何か新しい気の利いたやつが聞き度くてたまらないのじゃないか。

（「作家志願者への助言」4－一二〇）

思い出のない処に故郷はない。確乎《かっこ》たる環境が齎《もたら》す確乎たる印象の数々が、つもりつもって作りあげた強い思い出を持った人でなければ、故郷という言葉の孕《はら》む健康な感動はわからないのであろう。そういうものは私の何処を捜しても見つからない。

（「故郷を失った文学」4－一七六）

3

確かなものは
覚え込んだものにはない
強いられたものにある

【小林秀雄の歳月3】昭和九〜昭和十（一九三四〜一九三五）年　三十二〜三十三歳

昭和九年二月、「『罪と罰』についてI」の第一回を雑誌『行動』に発表する。小林秀雄が全身全霊を傾けて人間の生き方を語りあった学者や芸術家は、ランボー、モーツァルト、ゴッホ、ベルグソン、本居宣長……と何人も数えられるが、そのうちのひとりがドストエフスキーだった。八年一月には作品「永遠の良人《おっと》」論を、十二月には同じく「未成年」論を発表していたが、九年に入って「『罪と罰』についてI」、「『白痴』についてI」と長篇の作品論を相次いで発表し、以後五十代の半ばに至るまで、四半世紀にわたって続けられるドストエフスキー研究の扉を開けた。そして翌年、十年一月には、『文學界』で「ドストエフスキイの生活」の連載を開始する。月々の文芸時評は生活の糧《かて》でもあったが、同時にそれは精神の消耗を激しく強いてくるようになっていた。本来の批評家として生きるために、人間として生きるために、三十代にかかったばかりの小林秀雄は大きな賭に出た。

僕は批評に限らず、すべてのものに対して懐疑的だが、自分の懐疑を楽しんだ事はない、楽しむ余裕なぞ持った事はない。僕は自分の精神の様々な可能性を出来るなら一つ残らず追求してみたいという不遜な希《ねが》いにかられているだけだ。僕の精神に懐疑的な相を強いるものはこの希いだけだ。

（「文学界の混乱」5－一二）

重要なのは思想ではない。思想がある個性のうちでどういう具合に生きるかという事だ。作者が主人公を通じて彼の哲学を扱う手つきだ、その驚嘆すべき狡猾《こうかつ》だ。

（「『罪と罰』についてI」5－四六）

レトリックを離れて哲学はない、言葉を離れて理論はないからだ。整然たる秩序のなかに、どんなに厳正に表現された哲学体系も表現者の人間臭を離れられぬ。歴史の傀儡《かいらい》、社会の産物たる個人の影をひきずるものだ。哲学が文学に通ずるのは、この影に於いてのみである。

（「レオ・シェストフの『悲劇の哲学』」５－一〇五）

感心することを怠りなく学ぶ事。感心するにも大変複雑な才能を要する。感心する事を知らない批評家は、しょっ中無けなしの財布をはたいている様なものだ。

（「断想」５－一五三）

どんな強い精神力も境遇を必ずしも改変し得ないが、強い精神力が何かのかたちで利用出来ぬほど絶望的な境遇というものは存しない……

（「『白痴』についてⅠ」５－一六二）

文章を鑑賞するとは、文章の与える印象を充分に享受するという事です。これは文章を作ったり、文章を批評したりする仕事からみると一見受身なたやすい事の様に思われますが、決してそうではない。鑑賞は鑑賞で充分むずかしい一つの仕事であります。

（「文章鑑賞の精神と方法」5－二四一）

ただ鑑賞しているという事が何となく頼りなく不安になって来て、何か確とした意見が欲しくなる、そういう時に人は一番注意しなければならない、ある意見を定めて鑑賞している人で、自分の意見にごまかされていない人は実に稀《まれ》です。生じっか意見がある為に広くものを味う心が衰弱して了《しま》うのです。意見に準じて凡《すべ》てを鑑賞しようとして知らず知らずのうちに、自分の意見にあったものしか鑑賞出来なくなって来るのです。いろいろなものが有りのままに見えないで、自分の意見の形で這入《はい》って来る様になります。こうなるともう鑑賞とは言えません、ただ自分の狭い心の姿を豊富な対象のなかに探し廻っているだけで、而《しか》も当人は立派に鑑賞していると思い込んでいるというだらしのない事になって了います。

（「文章鑑賞の精神と方法」5－二四三）

同じ理論を抱いているというので親友だと思い込む、実はただひとりでものを言うのが不安だからに過ぎぬとは気が附かぬ。

（「再び文芸時評に就いて」6－一三三）

事件が起ったとは、事件を直接に見た人、間接に聞いた人、これに動かされた人、これを笑った人等々無数の人々が周囲に同時に在るという事だ。事件は独りで決して起らない。人々のうちに膨れ上り鳴りひびくところに、事件は無数の切口をみせる。

（「私小説論」6－一七八）

ある普遍的な思想は一つの切口しか持っていない様に見える。だが、実際はこの思想を無数の色合いで受けとる無数の人間がいればこそ、思想は社会に棲息《せいそく》する事が出来るのである。

（「私小説論」6－一七九）

毎年今頃になると、奈良の今頃を思い出す。奈良の新緑の麗《うるわ》しさは無論鎌倉などの比ではないが、あのころほど一切を打忘れて、青葉の匂いを吸い込んだ時もない。学校を出てそれこそ乞食の様な為体《ていたらく》でうろついていたが、精神は豪奢《ごうしゃ》なものだった。二千年夢の間みた様な気持ちで見事な藤の房の下にひっくりかえっていた。あんな藤の房は、もうこれから何処《どこ》に行ったってぶら下っちゃいまい。

（「初夏」6-二〇二）

僕等は今日青春の問題の不思議な面を経験していると君は思わないか。失われた青春とは、嘗《かつ》て人々の好んだ詩題であったが、僕等に果して失うに足るだけの青春があったか、歌えるに足るだけ青春を身のうちに成熟させてみる暇があったか。少くとも僕にはなかった。僕は辿《たど》って来た苦が苦がしい好奇心の糸を省みるだけだ。併《しか》しこれが僕だけの運命だとはどうしても考えられない。ただ僕はここから極めて自然に生れたシニスムを、常に燃え上らせて置こうと多少の努力を払って来たに過ぎない。

（「新人Xへ」6-二〇八）

確かなものは覚え込んだものにはない、強いられたものにある。強いられたものが、覚えこんだ希望に君がどれ程堪えられるかを教えてくれるのだ。

（「新人Xへ」６‐二一五）

肉体が土という故郷を持っている時に、精神は伝統という故郷を持っている。伝統は僕等の生活の思い出が沈澱する言わば人類の記憶の穴だ。真理も虚偽もこの穴の住人となるや等しく伝統という不思議な言葉で着色され、動かし難い第二の自然と化する。肉体が大地からあまり高く飛び上れない様に、精神も（少くとも芸術の精神は）この穴から出てそう遠くには行けないものだ。

（「ルナアルの日記」６‐二三二）

4

広く浅く読書して
得られないものが
深く狭い読書から得られる

【小林秀雄の歳月4】昭和十一（一九三六）年　三十四歳

昭和十一年一月、『読売新聞』に「作家の顔」を発表、小説家・正宗白鳥との間に大論争が起った。発端は正宗白鳥のトルストイをめぐる文章だった。晩年、トルストイは家出し、田舎の停車場で病死した、日記によれば、彼の家出は妻が怖かったからだ、人生救済の本家のように言われているトルストイが、妻を恐れて野たれ死にした経緯を日記で読むと、悲壮でもあり滑稽《こっけい》でもあり、人生の真相を鏡にかけて見るようだと正宗白鳥は書いた。小林秀雄は猛然と反駁《はんばく》した。トルストイにかぎらない、大天才がその一生をかけた苦しみを通して獲得し、これが人生だと示してくれた思想は、とうてい凡人の獲得できるものではない、せっかくのそういう思想を棚上げし、天才の一生を凡人のレベルに引下ろして何になると詰め寄った。小林秀雄の信念が、ここに歴然と現れた。天才に人生を学ぶ、その学び方の覚悟と心構えが現れた。

あらゆる思想は実生活から生れる。併《しか》し生れて育った思想が遂に実生活に訣別《けつべつ》する時が来なかったならば、凡《およ》そ思想というものに何んの力があるか。大作家が現実の私生活に於いて死に、仮構された作家の顔に於いて更生するのはその時だ。

（「作家の顔」7－一五）

僕は、今日までやって来た実生活を省み、これを再現しようという欲望を感じない。そういう仕事が詰らぬと思っているからではない、不可能だと思うからだ。泥の中を歩いて来た自分の足跡を、どうして今眺められようか。

（「作家の顔」7－一六）

一体、実社会には、どこを探しても純粋なものという様なものは存在しておりません。社会ばかりではない、自然界にも、科学者の言う、純粋な水は流れてはおりません。H_2Oという水は実験室のなかにだけ存在する様に、例えば純粋なる人間という観念もある人の頭のなかにだけ存在するのです。実際の世間にはそんな人間は一人も生きてはおりません。あらゆる要素が互に混合して実人生というものは動いているので、他物から独立した純粋な状態という様なものは、人間が勝手に頭のなかに描いてみない限り、誰も実際経験してみる事は出来ないのであります。そういう意味で、実人生がまさしく実人生であり抽象的な存在ではない所以《ゆえん》は、その驚くべき不純性によるのであります。

（「純粋小説について」7－二四）

殺人行為というものは、動機が判然していようがいまいが殺人行為たる事実には変りはない。殺人はラスコオリニコフの空想の果てにあった無動機の行為であった、彼の空想は一切の人間行為の価値を否定する事が出来た、だから虱《しらみ》を潰《つぶ》す様に、婆さんを殺したが、殺してみると人が殺されたという事実の持っている現実的な意味を、もはや彼の空想は如何《いかん》ともする事が出来ない。ラスコオリニコフによって表現された、こういう極度に複雑な心理と極度に単純な行為との劇的な対立こそ、ドストエフスキイの見た近代人というものの典型的な像だったのであって、こういう人間像を描くに際して、在来の小説の即物的な手法と当時未だ現われなかった内的独白の手法との果敢な統一が、この作家のリアリズムに於て行われたのであります。

（「純粋小説について」7－三三一）

僕は自分の言葉の曖昧《あいまい》さについては監視を怠った事はない積りである。僕はいつも合理的に語ろうと努めている。どうしても合理的に語り難い場合に、或《あるい》は暗示的に或は心理的に表現するに過ぎぬ。その場合僕の文章が曖昧に見えるというところには、僕の才能の不足か読者の鈍感性か二つの問題しかありはしない。僕が論理的な正確な表現を軽蔑していると見られるのは残念な事である。僕が反対して来たのは、論理を装ったセンチメンタリズム、或は進歩啓蒙《けいもう》の仮面を被《かぶ》ったロマンチストだけである。

（「中野重治君へ」7－八七）

小説の面白さは、他人の生活を生きてみたいという、実に通俗な人情に、その源を置いている。小説が発達するにつれて、いろいろ小説の高級な面白がり方も発達するが、どんなに高級な面白がり方も、この低級な面白がり方を消し去る事は出来ないのである。

（「現代小説の諸問題」7－一〇五）

実生活を架空の国とするのは、何も実生活を逃避する事を意味しない。逃避しようとしても附纏《つきまと》うものが実生活というものだからだ。例えば実生活中の最大事件たる死というものを人間はいかにしても逃避出来ない事を考えてみればよい。その意味で死は実生活の象徴である。若《も》し人間に思想の力がなかったならば、人間は死を怖れる事すら出来ないのである。というのは思想は死すら架空事とする力を持っているという証拠である。

（「文学者の思想と実生活」7－一三二）

僕の接する学生諸君に、愛読書は何かと聞いて、はっきりした答えを得た事がありません。愛読書を持つという事が大変困難になって来ています。様々な傾向の本が周囲にあんまり多すぎる。愛読書を持っていて、これを溺読《できどく》するという事は、なかなか馬鹿にならない事で、広く浅く読書して得られないものが、深く狭い読書から得られるというのが、通則なのであります。

（「現代の学生層」7－一四四）

今日の若い作家達の教養の貧弱さは覆うべからざるものだ。然《しか》し彼等が教養の摂取を怠っている訳ではあるまい。彼等の教養には、教養を円熟させる何物かが欠けているのである。例えば一時代前の作家が持っていた古典的趣味という様なものは、作家の教養を成熟させる或る何物かであった。以て教養を蓄積し、以て蓄積された教養の開花を期するという、言わば教養の根を、今日の若い作家達は失って了《しま》ったのである。

（「若き文学者の教養」7－一五一）

現代の言語が非常に乱れているのは周知の事だが、一般生活者には言語が乱れていようがいまいが問題は起らぬ筈《はず》である。何故かと言うと言語という社会の共有財産は、幾《い》時《つ》の時代でも社会の生活秩序と喰い違わない様に出来ているからだ。混乱した社会に生活する人々は混乱した言葉を使っているのが一番便利なのである。

（「言語の問題」7－一九九）

僕が歌舞伎で発見した真理は、たった一つであって、それは人間は形の美しさで充分に感動する事が出来るという事であった。形が何を現しているか、何を意味しているかは問題ではない。最も問題ではない際に一番自分は見事に感動する事を確めたのである。

（「演劇について」7－二三三）

僕は伝統主義者でも復古主義者でもない。何に還れ、彼《か》にに還れといわれてみたところで、僕等の還るところは現在しかないからだ。そして現在に於《しか》て何に還れといわれてみた処で自分自身に還る他はないからだ。こんなに簡単で而も動かせない事実はないのである。

（「文学の伝統性と近代性」7－二六四）

5

不安なら不安で
不安から得をする
算段をしたらいいではないか

【小林秀雄の歳月5】 昭和十二〜昭和十三（一九三七〜一九三八）年 三十五〜三十六歳

昭和十二年七月、中国で盧溝橋事件が勃発、日中戦争が始まる。翌十三年三月、小林秀雄は『文藝春秋』の特派員として中国へ渡り、杭州に応召中の小説家、火野葦平に第六回芥川賞を渡すなどして四月に帰国、初夏にかけて「杭州」「杭州より南京」「支那より還りて」「蘇州」などの社会時評を発表する。この日中戦時下、十三年十月には朝鮮から満州へ赴き、十九年十一月の中国訪問まで、都合七回の朝鮮・中国旅行の間に、小林秀雄は徐々に文学の世界から音楽・美術の世界へと踏み出した。またこれと相前後して、それまでほとんど関心のなかった焼物の世界にのめりこんだ。東京・日本橋でふとした機会から出会った李朝の壺《つぼ》がきっかけだった。焼物熱は日に日に高じ、やがて古代の土器、日本の書や仏画等々へと広がっていく。骨董《こっとう》と向かいあい、骨董を見つづけ、骨董にさわることで、小林秀雄は大きく旋回した。

ドストエフスキイは矛盾のなかにじっと坐って円熟して行った人であり、トルストイは合理的と信ずる道を果てまで歩かねば気の済まなかった人だ。

（「ドストエフスキイの時代感覚」9-一三）

僕は人間の眼が複眼である事を信じている、謎を作る眼と限界を見る眼と。

（「ドストエフスキイの時代感覚」9-二九）

僕が会った文学者のうちでこの人は天才だと強く感じる人は志賀直哉氏と菊池寛氏とだけである。取合せが妙に聞えるかも知れない、敬愛の念が僕の観察眼を曇らせているのかも知れない、が、兎《と》も角《かく》これは僕の実感である。菊池氏の鋭敏さは志賀氏の鋭敏さと同様に当代の一流品だと思っている。鋭敏さが端的で少しも観念的な細工がないところが類似している。

（「菊池寛論」9 - 四〇）

現代の学生の心は非常に不安であり、性格が分裂し、懐疑的であり云々《うんぬん》の事がよく言われるが、僕は自分がまさしくそういう学生であったから、別にそういう事を深く感じないのである。僕の学生時代から見ると、今日の時代の方が、確信を抱いて生き難い時代になっているという事は、まさにそうだろうと思うが、どんな時代にしたって人間としての真の確信というものを摑《つか》まえるのは、生まやさしい仕事ではないし、ほんと言えば青年などの手に合う仕事ではない。時代の反映であろうが、生理的反映であろうが、精神の不安は青年の特権である、という考えを僕は自分の青年時代の経験から信じている。

（「文科の学生諸君へ」9 - 一〇四）

僕は不幸にして抜群の資質などというものを持って生れなかったから、学ばずして得るという天才的快楽を嘗《かつ》て経験した覚えはない。だから何んでも学んで得べしという主義である。自惚《うぬぼ》れだって手をつかねて生ずるものではない、自惚れだって学んで得るのだ。絶望するのにも才能を要し、その才能も学んで得なくてはならぬとさえ考えている。

（「文科の学生諸君へ」9 - 一〇五）

人間は自分の姿というものが漸次よく見えて来るにつれて、自己をあまり語らない様になって来る。これを一般に人間が成熟して来ると言うのである。人間は自己を視る事から決して始めやしない、自己を空想する処から始めるものだ。この法則は文学を志す様な人にはつよく現れるのである。元来理窟から言って、自己の姿などというものはいつまで経っても見えるわけのものではない。己れを知るとは自分の精神生活に関して自信をもつという事と少しも異った事ではない。自信が出来るから自分というものが見えたと感ずるのである。そしてこの自信を得るのにはどんなに傑《すぐ》れた人物でも相当の時間を要するのだ、成熟する事を要するのだ。

（「文科の学生諸君へ」9 - 一〇六）

「人間は苦悩を愛する」というドストエフスキイの愛好した言葉には、少しもひねくれた意味はない。ひたすら人間の内的なものの探究に力を傾けた人物の極めて直截《ちょくせつ》な洞察が語られているだけだ。苦悩は人間の意識の唯一の原因である。調和、平安、均衡、安全を愛する精神というものが考えられるなら考えて見よ。そういうものを、人間は、理性という一才能により或《あるい》は迷信という一才能により、巧妙に或は拙劣に獲得するにせよ、その時彼の精神は、精神の一番明瞭な特徴を失わざるを得ない。叛逆や懐疑や飢餓を感じていない精神とは、その特権を誰かに売り渡して了《しま》った精神に過ぎない。

（「『悪霊』について」9－一七六）

精力的な精神は決して眠り度がらぬ。肉体の機構が環境への順応を強いられている様な正確さで、精神は決して必然性の命令に屈従してはいない。本能的に危険を避ける肉体は常に平衡を求めている。満腹の後には安眠が来る様に出来ている。だが、精神は新しい飢餓を挑発しない様な満腹を知らない。満足が与えられれば必ず何かしら不満を嗅《か》ぎ出す、安定が保たれている処には、必ず釣合いの破れを見附け出す。単に反復を嫌うという理由から、進んで危険に身を曝《さら》す。

（「『悪霊』について」9－一七七）

僕等の教養を宰領しているものは言うまでもなく科学だ。科学知識の普及が肉体的努力を軽減するとともに知的努力を節約させてくれるのはいいが、そういう事は、いつも人間的才能を機械的才能に代置するという危険な作業のうちに行われているのである。僕等はあらゆる簡便法の直中《ただなか》にいる。僕等の受けた学校の科学教育を省みても、専《もっぱ》ら人間が自然に直接に質問を発する能力を鈍化させる術《すべ》を教えて貰《もら》って来た様なものだ。

（「文芸批評の行方」９－二二九）

僕はただもう非常に辛《つら》く不安であった。だがその不安からは得をしたと思っている。学生時代の生活が今日の生活にどんなに深く影響しているかは、今日になってはじめて思い当る処である。現代の学生は不安に苦しんでいるとよく言われるが、僕は自分が極めて不安だったせいか、現代の学生諸君を別にどうという風にも考えない。不安なら不安で、不安から得をする算段をしたらいいではないか。学生時代から安心を得ようなどと虫がよすぎるのである。

（「僕の大学時代」９－二三八）

戦争に対する文学者としての覚悟を、或る雑誌から問われた。僕には戦争に対する文学者の覚悟という様な特別な覚悟を考える事が出来ない。銃をとらねばならぬ時が来たら、喜んで国の為に死ぬであろう。僕にはこれ以上の覚悟が考えられないし、又必要だとも思わない。一体文学者として銃をとるなどという事がそもそも意味をなさない。誰だって戦う時は兵の身分で戦うのである。

（「戦争について」10－一三）

歴史は将来を大まかに予知する事を教える。だがそれと同時に、明確な予見というものがいかに危険なものであるかも教える。歴史から、将来に腰を据えて逆に現在を見下す様な態度を学ぶものは、歴史の最大の教訓を知らぬ者だ。歴史の最大の教訓は、将来に関する予見を盲信せず、現在だけに精力的な愛着を持った人だけがまさしく歴史を創って来たという事を学ぶ処にあるのだ。過去の時代の歴史的限界性というものを認めるのはよい。併《しか》しその歴史的限界性にも拘《かかわ》らず、その時代の人々が、いかにその時代のたった今を生き抜いたかに対する尊敬の念を忘れては駄目である。この尊敬の念のない処には歴史の形骸《けいがい》があるばかりだ。

(「戦争について」10 - 一七)

僕は元来女とは、という様な警句を吐く男を好まない。僕の経験では女をよく知っている男ほど女というものはという風な話の仕方をしたがらない様だ。

(「女流作家」10 - 七〇)

女というものにはとてもかなわない、男は誰でも腹の底ではそう思っている、思っているというより殆《ほとん》ど動物的な本能からそれを感じている。男にはとてもかなわないと女は言うが、それはほんの世俗的な意味で言うので、腹の底では男なんかなめているに相違ない、と男は感じているのである。尤《もっと》もこういうことは未だ男を知らない女には決して解らない。男だって未だ女を知らないうちは、自分の心のうちに女性恐怖の本能があるなどという事は決してわからない。

(「女流作家」10 - 七二)

今日は昔と違って、女性の社会的に活動する領域が大変広くなった。文学の仕事には限らず、様々な知的分野で、女性は男性と同じ力量才能を発揮する様になった。これは結構な事で、男性は出来るだけ女性進出の道の邪魔をしない様に心掛けるべきである。果して女に男と同じ様な力量才能が備わっているかどうか、という様な問題は僕には興味がない。興味がないと言うより、そういう問題は大した問題ではない。女の理学博士が出ると新聞が騒ぐ様な低級な社会に棲《す》んでいて、そういう問題にかかずらう必要はない。かかずらう暇があったらどしどし女性は男子の仕事のなかに進出すべきである。

（「女流作家」10 - 七三）

何はどうなるだろう？　彼《か》にはどうなるだろう？　と人の顔さえ見ればインテリゲンチャは言っている。言わなければ沽券《こけん》にかかわる様な気がしているのだろう。それだけだ。

（「文芸雑誌の行方」10 - 八八）

眼の前に一歩を踏み出す工夫に精神を集中している人が、馬鹿と言われ、卑怯と言われ乍《なが》ら終いには勝つであろう。四百年も前にデカルトが「精神には懐疑を、実行には信念を」という一見馬鹿みたいな教えを書いた。人々は困難な時勢にぶつかって、はじめてそういう教えに人間の智慧《ちえ》の一切がある事を悟るのである。

（「文芸雑誌の行方」10‐八八）

肉体の病人は、ごく軽い病人でも、健康を切望するものだが、精神の病人は、いくら精神が腐って来ても、それに気が附かないだけの口実は用意する……

（「志賀直哉論」10‐九五）

人生を解釈する上に非常に便利な思想というものは、その便利さで身を滅ぼす。便利さが新たな努力を麻痺させるからだ。

（「志賀直哉論」10‐一〇一）

僕等はいつも知らず識らず愛情によって相手をはっきり摑《つか》んでいるのだ。成る程、僕等は相手を冷静に観察はするが、相手にほんとうに魅力ある人間の姿を読む為には、観察だけでは足りない。愛情とか友情とか尊敬とかが要るので、そういうものが観察した人間の姿を明らかに浮びあがらせる言わば仕上げの役目をする。

（「志賀直哉論」10－一〇五）

恋愛とは、何を置いても行為であり、意志である。それは単に在るものではなく、寧《むし》ろ人間が発見し、発明し、保持するものだ。だから、恋愛小説の傑作の美しさ、真実さは、例外なく男女が自分等の幸福を実現しようとする誓言に基くのである。

（「志賀直哉論」10－一〇八）

「私の眼は光っている。だが私の心は暗いのだ」とチェホフが「手帖」のなかに書いていたのを昔読んだ事がある。折にふれて心のなかに又新しく幾度でも甦《よみがえ》る言葉というものがあるものだが、僕にとってはそういう言葉の一つである。僕の様な眼でも幾分ずつでも強く光って来る事は出来るのだ。いや自ら努めて出来る事はそういう事だけだ。併し心を明るくする事は出来ない。そんな方法はないのである。

（「雑記」10－一一六）

非常時の政策というものはあるが、非常時の思想というものは実はないのである。強い思想は、いつも尋常時に尋常に考え上げられた思想なのであって、それが非常時に当っても一番有効に働くのだ。いやそれを働かせねばならぬのだ。常識というものは、人々が尋常時に永い事かかって慎重に築き上げた思想である。

（「支那より還りて」10－一七〇）

僕は非常に音楽が好きである。だから、演奏会では、よくうとうと眠る。笑う人もあるが、河上徹太郎の様な音楽の造詣《ぞうけい》の深いのになると、そんな風になると一人前だと言って褒《ほ》めてくれる。実際、演奏会で音楽を聞いている状態は、床の中で寝ようとする時の状態に酷似しているのであって、言ってみれば絶対の屈従によって、心の自由を獲得しようとする状態なのである。

（「山本有三の『真実一路』を廻って」10－二一四）

事実は小説より奇だ、これは実に本当の事である。言語に絶する光景という様なものは、なかなか日常見られるものではないと僕等は思い込んでいる。ただそう思い込んでいるだけだ。若《も》し心を空しくして実生活を眺めたら、日常生活も驚くべき危機に満ちている。

（「山本有三の『真実一路』を廻って」10-一二二）

僕等が自分達の性格に関する他人の評言が気に食わぬのは、自分を一番よく知っているのは自分だという自惚《うぬぼ》れに依るのでは恐らくないだろう、凡《およ》そ性格に関するはっきりした定義を恐れているのだ。自分はどの様な人間にせよかくかくの人間だとどうしようもなく決められるその事を、人性は何にもまして好まないのである。僕等は他人の性格に関しては、はっきりした知識を持った気でいる事が便利だが、自分自身の性格に関しては不得要領に構えているのが便利である。いや便利と言うより、己れの何物たるかをはっきりとは合点出来ない事が、僕等の生きるに必要な条件かも知れない。

（「山本有三の『真実一路』を廻って」10-一二八）

6

誤解されない人間など毒にも薬にもならない

【小林秀雄の歳月6】昭和十四（一九三九）年　三十七歳

昭和十四年五月、『ドストエフスキイの生活』を刊行する。十年一月、八年十月に創刊した同人雑誌『文學界』の編集責任者となり、同誌に自ら「ドストエフスキイの生活」を連載、十二年三月に終えていた。昭和四年の文壇登場以来、小林秀雄は文芸時評というジャーナリスティックな荒業と、批評といえども批評する者の人生を、人間を表現するのだという「様々なる意匠」で打ち出したテーマとの間に相容れないものを見出していた。あえて同人雑誌に、愛読してやまないドストエフスキーの評伝を書くことで、自分自身のテーマに還ろうとした。小説家が歴史上の人物と取組み、その人間像を具体的な描写で描き出すのと同様に、自分は文学・芸術界の巨星と取組み、彼らの肖像画を抽象的描写で描く、これが最高の批評なのだと信じて敢行した前人未到の試みへの跳躍であった。

西洋模倣の行詰りと言うが、模倣が行詰るというのもおかしな事で、模倣の果てには真の理解が現れざるを得ない。そして相手を征服するのに相手を真に理解し尽すという武器より強い武器はない。これは文化の発達の定法《じょうほう》であって、わが国の文化は、明治以来この定法通りに進んで来た。

（「満洲の印象」11 - 一二三）

西洋の思想が、僕等の精神を塗り潰《つぶ》して了《しま》った様に錯覚するのも、思想の形だけを見て、思想がどの様に人間のうちに生きたかその微妙さを見落すところから来る。その微妙さの裡《うち》に現代の日本人がある。言い代えれば、僕等は西洋の思想に揺り動かされて、伝統的な日本人の心を大変微妙なものにして了ったのだが、その点に関する適確な表現を現代の日本人は持っていないのである。これは現代文化の大きな欠陥だ。

（「満洲の印象」11 - 一五）

平和とは休戦期の異名だ、と誰かが言った。それは本当の様だが嘘である。頭の中で平和と戦とを比較してみた人の理窟である。だが実際の平和と実際の戦とは断然とした区別があるのではあるまいか。人間は戦うまで戦というものがどういうものか知らぬ。どんなに戦の予想に膨らんだ人もほんとうに剣をとって戦うまでは平和たらざるを得ない。人間は戦う直前に何か知らない一線を飛び越える。

（「満洲の印象」11 - 一九）

過去の人間の真相は知り難いというが、現在の人間の真相を知る方が、もっと容易だとは言えまい。更に又自分の真相とは一体どういうものだろう。要するに凡《およ》そ物の真相とは、人間が追求するが発見は出来ない或るものの様にも考えられるし、発見はするが追求は出来ない或るもののようにも考えられる。恐らくどちらも本当であろう。

（「エーヴ・キューリー『キューリー夫人伝』」11 - 五一）

独創的に書こう、個性的に考えよう、などといくら努力しても、独創的な文学や個性的な思想が出来上るものではない。あらゆる場合に自己に忠実だった人が、結果として独創的な仕事をしたまでである。そういう意味での自己というものは、心理学が説明出来る様なものでもなし、倫理学が教えられる様なものでもあるまい。ましてや自己反省という様な空想的な仕事で達せられる様なものではない。それは、実際の物事にぶつかり、物事の微妙さに驚き、複雑さに困却し、習い覚えた知識の如きは、肝腎要《かんじんかなめ》の役には立たぬと痛感し、独力の工夫によって自分の力を試す、そういう経験を重ねて着々と得られるものに他ならない。

（「疑惑Ⅰ」11－七七）

僕は、高等学校時代、妙な読書法を実行していた。学校の往き還りに、電車の中で読む本、教室で窃《ひそ》かに読む本、家で読む本、という具合に区別して、いつも数種の本を平行して読み進んでいる様にあんばいしていた。まことに馬鹿気た次第であったが、その当時の常軌を外れた知識欲とか好奇心とかは、到底一つの本を読み了《おわ》ってから他の本を開くという様な悠長な事を許さなかったのである。

（「読書について」11－八〇）

濫読《らんどく》による浅薄な知識の堆積というものは、濫読したいという向う見ずな欲望に燃えている限り、人に害を与える様な力はない。濫読欲も失って了った人が、濫読の害など云々《うんぬん》するのもおかしな事だ。それに、僕の経験によると、本が多過ぎて困るとこぼす学生は、大概本を中途で止める癖がある。濫読さえしていない。

（「読書について」11－八〇）

読む工夫は、誰に見せるという様なものではないから、言わば自問自答して自ら楽しむ工夫なのであり、そういう工夫に何も特別な才能が要るわけではない。だが、誰もやりたがらない。

（「読書について」11－八一）

或る作家の全集を読むのは非常にいい事だ。研究でもしようというのでなければ、そんな事は全く無駄事だと思われ勝ちだが、決してそうではない。読書の楽しみの源泉にはいつも「文は人なり」という言葉があるのだが、この言葉の深い意味を了解するのには、全集を読むのが、一番手っ取り早い而《しか》も確実な方法なのである。

一流の作家なら誰でもいい、好きな作家でよい。あんまり多作の人は厄介だから、手頃なのを一人選べばよい。その人の全集を、日記や書簡の類に至るまで、隅から隅まで読んでみるのだ。

そうすると、一流と言われる人物は、どんなに色々な事を試み、いろいろな事を考えていたかが解る。彼の代表作などと呼ばれているものが、彼の考えていたどんなに沢山の思想を犠牲にした結果、生れたものであるかが納得出来る。単純に考えていたその作家の姿などはこの人にこんな言葉があったのか、こんな思想があったのかという驚きで、滅茶々々になって了うであろう。その作家の性格とか、個性とかいうものは、もはや表面の処に判然と見えるという様なものではなく、いよいよ奥の方の深い小暗い処に、手探りで捜さねばならぬものの様に思われて来るだろう。

僕は、理窟を述べるのではなく、経験を話すのだが、そうして手探りをしている内に、作者にめぐり会うのであって、誰かの紹介などによって相手を知るのではない。こうして、小暗い処で、顔は定かにわからぬが、手はしっかりと握ったという具合な解り方をして了うと、その作家の傑作とか失敗作とかいう様な区別も、別段大した意味を持たなくなる、と言うより、ほんの片言隻句にも、その作家の人間全部が感じられるという様になる。

これが、「文は人なり」という言葉の真意だ。それは、文は眼の前にあり、人は奥の方にいる、という意味だ。

（「読書について」11－八一）

書物が書物には見えず、それを書いた人間に見えて来るのには、相当な時間と努力とを必要とする。人間から出て来て文章となったものを、再び元の人間に返す事、読書の技術というものも、其処《そこ》以外にはない。もともと出て来る時に、明らかな筋道を踏んで来たわけではないのだから、元に返す正確な方法があるわけはない。

（「読書について」11－八三）

文字の数がどんなに増えようが、僕等は文字をいちいち辿《たど》り、判断し、納得し、批評さえし乍《なが》ら、書物の語るところに従って、自力で心の一世界を再現する。この様な精神作業の速力は、印刷の速力などと何んの関係もない。読書の技術が高級になるにつれて、書物は、読者を、そういうはっきり眼の覚めた世界に連れて行く。逆にいい書物は、いつもそういう技術を、読者に眼覚めさせるもので、読者は、途中で度々立ち止り、自分がぼんやりしていないかどうか確めねばならぬ。いや、もっと頭のはっきりした時に、もう一っぺん読めと求められるだろう。人々は、読書の楽しみとは、そんな堅苦しいものかと訝《いぶか》るかも知れない。だが、その種の書物だけを、人間の智慧《ちえ》は、古典として保存したのはどういうわけか。はっきりと眼覚めて物事を考えるのが、人間の最上の娯楽だからである。

（「読書について」11－八七）

書物の数だけ思想があり、思想の数だけ人間が居るという、在るがままの世間の姿だけを信ずれば足りるのだ。何故人間は、実生活で、論証の確かさだけで人を説得する不可能を承知し乍ら、書物の世界に這入《はい》ると、論証こそ凡《すべ》てだという無邪気な迷信家となるのだろう。又、実生活では、まるで違った個性の間に知己が出来る事を見乍ら、彼の思想は全然誤っているなどと怒鳴り立てる様になるのだろう。或《あるい》は又、人間はほんの気まぐれから殺し合いもするものだと知ってい乍ら、自分とやや類似した観念を宿した頭に出会って、友人を得たなどと思い込むに至るか。

みんな書物から人間が現れるのを待ち切れないからである。人間が現れるまで待っていたら、その人間は諸君に言うであろう。君は君自身でい給え、と。一流の思想家のぎりぎりの思想というものは、それ以外の忠告を絶対にしてはいない。諸君に何んの不足があると言うのか。

（「読書について」11-八八）

決断だとか勇気だとか意志だとかを必要とする烈《はげ》しい行為にぶつかる機もなく、又そういう機を作ろうとも心掛けず、日々を送っている人間は、心理の世界ばかりを矢鱈《やたら》に拡げて了うものだ。別に拡げようとするのではないが、無為な人の心は、取止《とりと》めもない妄念や不逞《ふてい》な観念が、入乱れて棲《す》むのに大変都合のいい場所なのである。

（「現代女性」11-九二）

諸君は又こういう事を考えてみないか。混乱していない現代というものが、嘗《かつ》てあったであろうか、又将来もあるであろうか、と。

（「現代女性」11－九四）

未だ来ない日が美しい様に、過ぎ去った日も美しく見える。こうあって欲しいという未来を理解する事も易《やさ》しいし、歴史家が整理してくれた過去を理解する事も易しいが、現在というものを理解する事は、誰にもいつの時代にも大変難かしいのである。歴史が、どんなに秩序整然たる時代のあった事を語ってくれようとも、そのままを信じて、これを現代と比べるのはよくない事だ。その時代の人々は又その時代の難かしい現在を持っていたのである。少くとも歴史に残っている様な明敏な人々は、それぞれ、その時代の理解し難い現代性を見ていたのである。あらゆる現代は過渡期であると言っても過言ではない。

（「現代女性」11－九四）

凡ては永久に過ぎ去る。誰もこれを疑う事は出来ないが、疑う振りをする事は出来る。

いや何一つ過ぎ去るものはない積りでいる事が、取りも直さず僕等が生きている事だとも言える。積りでいるので本当はそうではない。歴史は、この積りから生れた。過ぎ去るものを、僕等は捕えて置こうと希《ねが》った。そしてこの乱暴な希いが、そう巧く成功しない事は見易い理である。

（「ドストエフスキイの生活」11-一一〇）

歴史は繰返す、とは歴史家の好む比喩だが、一度起って了《しま》った事は、二度と取返しが付かない、とは僕等が肝に銘じて承知しているところである。それだからこそ、僕等は過去を惜しむのだ。歴史は人類の巨大な恨みに似ている。若《も》し同じ出来事が、再び繰返される様な事があったなら、僕等は、思い出という様な意味深長な言葉を、無論発明し損ねたであろう。後にも先きにも唯一回限りという出来事が、どんなに深く僕等の不安定な生命に繫《つな》がっているかを注意するのはいい事だ。愛情も憎悪も尊敬も、いつも唯一無類の相手に憧れる。あらゆる人間に興味を失う為には人間の類型化を推し進めるに如《し》くはない。

（「ドストエフスキイの生活」11-一一四）

子供が死んだという歴史上の一事件の掛替えの無さを、母親に保証するものは、彼女の悲しみの他はあるまい。どの様な場合でも、人間の理智は、物事の掛替えの無さというものに就いては、為《な》す処を知らないからである。悲しみが深まれば深まるほど、子供の顔は明らかに見えて来る、恐らく生きていた時よりも明らかに。愛児のささやかな遺品を前にして、母親の心に、この時何事が起るかを仔細《しさい》に考えれば、そういう日常の経験の裡《うち》に、歴史に関する僕等の根本の智慧を読み取るだろう。

（「ドストエフスキイの生活」11 - 一一五）

「月日は百代の過客にして、行きかふ年も亦《また》旅人なり」と芭蕉は言った。恐らくこれは比喩ではない。僕等は歴史というものを発明するとともに僕等に親しい時間というものも発明せざるを得なかったのだとしたら、行きかう年も亦旅人である事に、別に不思議はないのである。僕等の発明した時間は生き物だ。僕等はこれを殺す事も出来、生かす事も出来る。過去と言い未来と言い、僕等には思い出と希望との異名に過ぎず、この生活感情の言わば対照的な二方向を支えるものは、僕等の時間を発明した僕等自身の生に他ならず、それを瞬間と呼んでいいかどうかさえ僕等は知らぬ。従ってそれは「永遠の現在」とさえ思われて、この奇妙な場所に、僕等は未来への希望に準じて過去を蘇《よみがえ》らす。

（「ドストエフスキイの生活」11－一一七）

放心している時の時間は早く、期待している時の時間は長い、そういう簡単な僕等の日常経験にも既に時間というものの謎は溢《あふ》れているのであって、心理的錯覚という様なものでは到底説明が附かぬ。錯覚に落入るまいとすれば、僕等には放心も期待も不可能となるだろう。錯覚があるとするなら、放心や期待そのものが錯覚であろう。だが、この錯覚が疑いもなく確実な処に、時間の発明者たる僕等の時間に関する智慧がある。同様に、過去に生きる或は未来に生きるという言葉は単なる比喩であろうか。若し比喩に過ぎないなら、僕等の思い出や希望そのものが比喩であろう。

（「ドストエフスキイの生活」11－一一七）

疑惑のなかにこそ真の自由がある。それが批評精神の精髄である。

広く考えて人間の精神は肉体という統制を離れて自由であるか。抵抗が感じられない処に自由も亦ないのだ。そういう自由に想いをひそめ、これを体得する道に、思想の自由の問題がはじめて起るのであって、其処以外には起り得ぬ。

（「疑惑Ⅱ」12－一九九）

才能の錬磨が、才能の玩弄《がんろう》に落ちない事は、先ず稀有《けう》だと言っていい。

（「鏡花の死其他」12－二〇八）

人生は理解出来る事柄と同様に理解出来ない事柄も必要とするだろう。率直に考えれば、それは殆《ほとん》ど自明の理である。お化けが恐いのはお化けが理解出来ないからであり、自然が美しいのも自然が理解出来ないからであろう。自然が日に新たにその不可解な全体を現す事は、風景画家がよく知っている。友人が完全に理解出来たら友情もあるまい。それも、理解しても理解してもまだ理解出来ないところがある、という様な筋のものではあるまい。その様な事は友情に関するほんの一要素だ。或は一要素にもならなかったりするものだ。友は、日に新たに理解出来なくとも、少しも差支《さしつか》えのない全体として現れる。愛情は、そういう全体しか見やしない。

（「鏡花の死其他」12 - 二二三）

人生の謎は、齢をとればとる程深まるものだ、とは何んと真実な思想であろうか。僕は、人生をあれこれと思案するについて、人一倍の努力をして来たとは思っていないが、思案を中断した事もなかったと思っている。そして、今僕はどんな動かせぬ真実を摑《つか》んでいるだろうか。すると僕の心の奥の方で「人生の謎は、齢をとればとる程深まる」とささやく者がいる。やがて、これは、例えばバッハの或るパッセージの様な、簡潔な目方のかかった感じの強い音になって鳴る。僕はドキンとする。

主題は既に現れた。僕はその展開部を待てばよい。それは次の様に鳴る。「謎はいよいよ裸な生き生きとしたものになって来る」。僕は、そうして来た。これからもそうして行くだろう。人生の謎は深まるばかりだ。併《しか》し謎は解けないままにいよいよ裸に、いよいよ生き生きと感じられて来るならば、僕に他の何が要ろう。要らないものは、だんだんはっきりして来る。

（「人生の謎」12－二四六）

一般に若い頃に旺盛だった読書熱というものを、年をとっても持ちつづけている人はまことに少い。本を読む暇がなくなったという見易いことには誰でも気が付くが、本というものを進んで求めなくなって了った自分の心には、なかなか気が付かぬ。又、気が付き度がらぬ。

（「読書の工夫」12－二六〇）

小説を創るのは小説の作者ばかりではない。読者も又小説を読む事で、自分の力で作家の創る処に協力するのである。この協力感の自覚こそ読書のほんとうの楽しみであり、こういう楽しみを得ようと努めて読書の工夫は為すべきだと思う。いろいろな思想を本で学ぶという事も、同じ事で、自分の身に照らして書いてある思想を理解しようと努めるべきで、書いてある思想によって自分を失う事が、思想を学ぶ事ではない。恋愛小説により、自分を失い他人の恋愛を装う術《すべ》を覚える様に、他人の思想を装う術を覚えては駄目だと思う。

（「読書の工夫」12 - 二六六）

誤解されない人間など、毒にも薬にもならない。そういう人は、何か人間の条件に於いて、欠けているものがある人だ。

（「イデオロギイの問題」12 - 二六九）

人間は、正確に見ようとすれば、生きる方が不確かになり、充分に生きようとすれば、見る方が曖昧《あいまい》になる。誰でも日常経験している矛盾であり、僕等は永久に経験して行く事だろう。

（「イデオロギイの問題」12 - 二七一）

7

美しい「花」がある「花」の美しさという様なものはない

【小林秀雄の歳月7】 昭和十五〜昭和二十（一九四〇〜一九四五）年　三十八〜四十三歳

昭和十六年三十九歳の夏、小林秀雄はついに文芸時評から離れた。十年一月、「ドストエフスキイの生活」で自分自身に還ろうとした小林秀雄は、ここでひとまずの念願を遂げた。いっぽう、十三年ごろからの骨董いじりはますます熱くなっていた。道楽ではなかった。壺《つぼ》なら壺という美しいものが強いてくる沈黙に、どこまで耐えられるかの鍛錬だった。壺は言葉を発しない。その美しさを体験しようとしたとき、言葉はまったく役に立たない、むしろ言葉は邪魔になる。文学の営みとは真反対にある感性の鍛錬だった。さらには十七年、いっそうの鍛錬に手を着ける。「徒然草」「平家物語」など日本の古典を初めて読みこみ、「無常という事」「西行」などを相次いで発表、翌十八年も「実朝《さねとも》」を続けた。人生を考える論理の力は、フランス文学、ロシア文学と西洋の近代文学に鍛えられていた。今度は日本の古美術・古典と向きあい、物を見る力、眼の修練を積み重ねたのだ。

経験によって強く頭に閃《ひらめ》く考えというものを、展開させ育て上げようとする人は実に少いものだ。経験が、その都度《つど》教える考えの閃きは、その時その時の感想となって消費されて了《しま》う。宝石が磨かれないで捨てられて行く様なものだ。こういう無数の人々によって捨てられた無数の原石を掻《か》き集めたら、どんなに光り輝やく思想の殿堂も、光を失うであろう。

（「アラン『大戦の思い出』」13-一〇）

なるたけ理解の手間がはぶける様に、平ったくして、鵜呑《うの》みに出来る様にとは、誰も知らず識らずやる事で、そういう事に何んの努力が要るものではない。そういう傾向は、誰の裡《うち》にもある転がりやすい精神の坂道の様なもので、努力が必要にならなければ、精神は決して目覚めない。

（「アラン『大戦の思い出』」13－一七）

現代人は例えばAばかりを考えあぐねた末に反対のBを得るという風な努力をしない。そういう迂路《うろ》と言えば迂路を辿《たど》る精神の努力だけが本当に考えるという仕事なのだが、そういう能力を次第に失い、始めからAとBと両方を考える、従ってもはや考えない。

（「文芸月評XIX」13－三三）

子供が大人の考えている程子供でないのは、大人が子供の考えている程大人でないのと同様である。子供は全力を挙げて大人になろうと努力しているので、その努力は大人が屢々《しばしば》洩《もら》す子供に還り度いという感想の様な生易《なまやさ》しいものではあるまい。全力を挙げて大人に成ろうとするが、仲々巧《うま》くはいかない。その巧く行かない点に、子供の特色を認められては子供は迷惑だろう。

（「清君の貼紙絵」13－四〇）

評論を書き始めて暫《しばら》くした頃、僕は自分の文章の平板な点、一本調子な点に次第に不満を覚えて来た事がある。努めて同じ問題をいろいろな面から角度から眺めて、豊富な文体を得ようとしたが、どうしたら得られるかわからない。仕方がないから、丁度切籠《きりこ》の硝子《ガラス》玉でも作る気で、或る問題の一面を出来るだけはっきり書いてごく短い一章を書くと、連絡なぞ全く考えずにまるで反対な面を切る気持ちで、反対な面から眺めた処を又出来るだけはっきりした文章に作り上げる。こうした短章を幾つも作ってみた事がある。だんだんやっているうちに、こういう諸短章を原稿用紙に芸もなく二行開きで並べるだけで、全体が切籠の硝子玉程度の文章にはなる様になった。そんな事を暫くやっているうちに、玉を作るのに先ず一面を磨き、次に反対の面を磨くという様な事をしなくても、一と息でいろいろの面が繰《く》り展《の》べられる様な文が書ける様になった。

（「文章について」13‐五六）

処世術を無視した机上の理論が、入れ代り立ち替り、ジャアナリズムの上で、流行《はや》っては廃《すた》る光景を送迎するほど精神の疲れることはあるまい。正しいが故に美しい学問のなかとか、美しいが故に正しい芸術のなかとか、或《あるい》は日に新たな処世術のなかにさえいれば、精神はどんなに烈《はげ》しく動いても疲れる様な気遣いはない。併《しか》し、流行品なみに、飾り窓に恰好《かっこう》なだけの理論を纏《まと》った言説の需《もと》めに応じていては、精神は磨《す》り切れて了う より他はあるまい。

（「処世家の理論」13－七五）

道徳を感ずるには、正真正銘の他人が必要だ。そしてそういう他人は、友情という深刻な関係のうちにしか現れない。観察される他人とは赤の他人に過ぎない。反省による自己も亦《また》自分の様な気のする他人に過ぎぬ。

（「道徳について」13－八二）

自信というものは、いわば雪の様に音もなく、幾時《いつ》の間にか積った様なものでなければ駄目だ。そういう自信は、昔から言う様に、お臍《へそ》の辺りに出来る、頭には出来ない。頭は、いつも疑っている方がよい。難かしい事だが、そういうのが一番健康で望ましい状態なのである。

（「道徳について」13－八三）

古典とは、僕等にとって嘗《かつ》てあった作品ではない、僕等に或る規範的な性質を提供している現に眼の前にある作品である。古典は嘗てあったがままの姿で生き長らえるのではない。日に新たな完璧性を現ずるのである。嘗てあったがままの完璧性が、世の転変をよそに独り永遠なのではない。新しく生れ変るのである。永年の風波に堪える堅牢な物体ではなく、汲み尽す事の出来ぬ泉だ。僕等はまさに現在の要求に従って過去の作品から汲むのであって、過去の要求に過去の作品が如何《いか》に応じたかを理解するのではない。現在の要求に従い、汲んで汲み尽せぬところに古典たらしめる絶対的な性質があるのだ。

（「環境」13－九四）

美は芸術を芸術たらしめる塩である。美のない処に芸術はない。美は芸術に於ける真である。そしてそれは芸術作品の成立条件に関するどのような精密な分析によっても得られるものではなく、作品に対している僕等が一と目で感得する或るものである。だからそういう美は、或る一つの作品の比類のない現実性を離れて考えられぬものであり、従って、美学者の考えるような、個々の作品の美しさが演繹《えんえき》出来るような一般的な美の観念でもない。

ある目的の為に、精神と肉体とが一致するという事は、何んと難かしい事であろうか。僕等の肉体は、僕等に実に親しいものであり乍《なが》ら、又、実に遠いものではないのだろうか。

（「環境」13－九六）

（「オリムピア」13－九八）

早く不安から逃れようとする。新しい事件を古く解釈して安心しようとする。これは僕等がみんな知らず知らずのうちにやっている処であります。事件の驚くべき新しさというものの正体に眼を据えるのが恐いのである。それを見詰めるのが不安で堪らぬのでありますす。それであるから、出来る事なら、古い知識なり経験なりで、新しい事件を解釈して安心したい。言い代えれば、恰《あたか》も古い事件に対する様に、この新しい事件に安心して対したい。僕等は、知らず知らずの間に、そういう事をやる。こういう心理傾向からは、なかなか逃れ難い、余程、厳しく自分の心を見張っていないと、逃れる事が難かしいと思われます。僕等の嘗ての経験なり知識なり方法なりが、却《かえ》って新しい事件に関する僕等の判断を誤らせるという事になるのであります。

（「事変の新しさ」13-一〇四）

一体、現代人は、人間の覚悟というものを、人間の心理というものと取り違える、実に詰らぬ癖があります。覚悟というのは、理論と信念とが一つになった時の、言わば僕等の精神の勇躍であります。

（「事変の新しさ」13-一一六）

歴史は精《くわ》しいものほどよい。瑣事《さじ》というものが持っている力が解らないと歴史というものの本当の魅力は解らない様だ。

（「『維新史』」13-一二三）

思想の敵が反対の思想にあると考えるのは、お目出たい限りである。思想が闘い鍛えられるのは、現実そのものの矛盾によってである。言いかえれば、思想の真の敵は己れ自身にあるのである。どの様な思想も安全ではない。

（「『維新史』」13－一二四）

理解するという事と信ずるという事は、人間が別々の言葉を幾時の間にか必要としていたその事が語っている通り、全く性質の違った心の働きである。人間は、万人流にいくらでも理解するが、自己流にしか決して信じない。

（「マキアヴェリについて」13－一二九）

「自分で自分が解りませんの」と言うのが好きな女がいた。そう言う時の自分の顔付きを鏡でよく知っているのだと白状した。

（「自己について」13－一三五）

現代の知識人には、簡単明瞭な物の道理を侮《あなど》る風があるが、簡単明瞭な物の道理というものが、実は本当に恐いものなので、複雑精緻《せいち》な理論の厳《いか》めしさなぞ見掛け倒しなのが普通であります。人間だってそうだ。単純率直な人間が恐いのだ。尤《もっと》も、それには、所謂《いわゆる》複雑な心の持主という様な近代文学者の愛好する人間タイプの退屈さ無力さが、身に沁《し》みて解って来なければ駄目なのでありますが。

（「文学と自分」13－一四〇）

覚悟というものは、文学者の覚悟に限らず、増やそうとして増えるものでもないし、精しくしようとして精しくなるものでもない、覚悟するかしないか二つに一つという簡明な切実なものである。知識のうちには、まさしく文明人がいるが、覚悟の裡《うち》には、いくら文明が進んでも、依然として原始人が棲《す》んでいる。知識で空想化した頭脳には、なかなか摑《つか》み難いものなのであります。

（「文学と自分」13－一四二）

文学者が文章というものを大切にするという意味は、考える事と書く事との間に何んの区別もないと信ずる、そういう意味なのであります。描く書くとは即ち描く考える事である。描く書けてはじめて描く考えていた事がはっきりすると言ったただけでは足らぬ。書かなければ何も解らぬから書くのである。文学は創造であると言われますが、それは解らぬから書くという意味である。予《あらかじ》め解っていたら創り出すという事は意味をなさぬではないか。

（「文学と自分」13－一四三）

ミケランジェロは、大理石の塊りに向って、鑿《のみ》を振う、大理石の破片が飛び散るに従って、自分が何を考え、何を感じているかが明らかになる、遂にダヴィッドが石の中から現れ、ダヴィッドとは自分だと合点するに至る。出来上ったダヴィッドの像は彼に様々な事を教える、彼の心に様々な新しい疑問を起させる、彼は解らぬままに、又、鑿を提げて新しい大理石の塊りに向う。恐らくこれが芸術家の仕事というものの実情なのであります。

（「文学と自分」13－一四四）

人間は、一枚の紅葉の葉が色づく事をどうしようもない。先ず人間の力でどうしようもない自然の美しさがなければ、どうして自然を模倣する芸術の美しさがありましょうか。言葉も亦《また》紅葉の葉の様に自ら色づくものであります。ある文章が美しいより前に、先ず材料の言葉が美しいのである。例えば人情という言葉は美しくないか、道徳という言葉は美しくないか。長い歴史が、これらの言葉を紅葉させたからであります。

（「文学と自分」13 - 一四七）

成る程、己れの世界は狭いものだ、貧しく弱く不完全なものであるが、その不完全なものからひと筋に工夫を凝《こら》すというのが、ものを本当に考える道なのである、生活に即して物を考える唯一つの道なのであります。

（「文学と自分」13 - 一五一）

空想は、どこまでも走るが、僕の足は僅《わず》かな土地しか踏む事は出来ぬ。永生を考えるが、僕は間もなく死なねばならぬ。沢山の友達を持つ事も出来なければ、沢山の恋人を持つ事も出来ない。腹から合点する事柄は極く僅かな量であり、心から愛したり憎んだりする相手も、身近かにいる僅かな人間を出る事は出来ぬ。それが生活の実状である。皆その通りしているのだ。社会が始って以来、僕等はその通りやって来たし、これからも永遠にその通りやって行くであろう。文学者が己れの世界を離れぬとは、こういう世界だけを合点して他は一切合点せぬという事なのであります。

（「文学と自分」13－一五三）

まあ僕の話を一つ聞いてくれ、と坐られて、うんざりした経験を、誰も持っていないながら、やがて忘れて相手をうんざりさせる側に廻る。

（「島木健作」13－一九六）

史観は、いよいよ精緻なものになる、どんなに驚くべき歴史事件も隈《くま》なく手入れの行きとどいた史観の網の目に捕えられて逃げる事は出来ない、逃げる心配はない。そういう事になると、史観さえあれば、本物の歴史は要らないと言った様な事になるのである。どの様な史観であれ、史観というものは、実物の歴史に推参する為の手段であり、道具である筈《はず》のものだが、この手段や道具が精緻になり万能になると、手段や道具が、当の歴史の様な顔をし出す。

（「歴史と文学」13－二一〇）

一と口に知ると言うが、僕等は、何を知るか知る相手に応じて、いろいろ性質の違った知り方を、実際にはしているものだ。己れを知ったり友人を知ったりする同じ知り方で、物質を知ったり天文学を知ったりしているわけではない。肝に銘じて知るのが一番確実な相手なら、肝に銘じて知るわけであります。

（「歴史と文学」13 - 二一二）

僕等の望む自由や偶然が、打ち砕かれる処に、そこの処だけに、僕等は歴史の必然を経験するのである。僕等が抵抗するから、歴史の必然は現れる、僕等は抵抗を決して止《や》めない、だから歴史は必然たる事を止めないのであります。これは、頭脳が編み出した因果関係という様なものには何んの関係もないものであって、この経験は、誰の日常生活にも親しく、誰の胸にもある素朴な歴史感情を作っている。若《も》しそうでなければ、僕等は、運命という意味深長な言葉を発明した筈がないのであります。

（「歴史と文学」13 - 二一七）

心を開いて歴史に接するならば、尊敬するより他に、僕等には大した事は出来ぬ。言い代えれば、尊敬する事によって、初めて謎が解ける想いのする人物が沢山見える筈なのだが、今日の歴史家はそういう事を好まぬ。尊敬出来る人物かどうか、それを客観的に確かめてみるのが先決問題であると考える。

（「歴史と文学」13－二二九）

ただ単に現代に生れたという理由で、誰も彼もが、殆《ほとん》ど意味のない優越感を抱いて、過去を見はるかしております。

（「歴史と文学」13－二三一）

自分は悧《り》巧《こう》だと己惚《うぬぼ》れたり、あの男は悧巧だと感心してみたりしているが、悧巧というのは馬鹿との或る関係に過ぎず、馬鹿と比べてみなければ、悧巧にはなれない。実に詰らぬ話であるが、だんだんと自分の周囲に見付かる馬鹿の人数を増やすというやり方、実に芸のないやり方だが、ただそういうやり方一つで世人はせっせと悧巧になる。

（「匹夫不可奪志」14－一〇）

経験というものは、己れの為にする事ではない。相手と何ものかを分つ事である。相手が人間であっても事物であってもよい、相手と何ものかを分って幸福になっても不幸になってもよい、いずれにせよ、そういう退引《のっぴ》きならぬ次第となって、はじめて人間は経験というものをする。そういう点によく心を留めてみると、経験は、場合によっていろいろな事を、教えたり教えなかったりするだろうが、たった一つの事は、あらゆる場合にはっきり教えているという事が解る。

（「匹夫不可奪志」14－一一二）

誰の胸にも、古《いにしえ》を惜しむ感情はあるのでありまして、古を惜しむという事が、取りも直さず伝統を経験する事に他ならないのである。従って、この感情を純粋にし豊富にしようと努めることが伝統というものをしっかりと体得する唯一つの道だ。

（「伝統」14－一二五）

人間は考える葦《あし》だ、という言葉は、あまり有名になり過ぎた。気の利《き》いた洒落《しゃれ》だと思ったからである。或る者は、人間は考えるが、自然の力の前では葦の様に弱いものだ、という意味にとった。或る者は、人間は、自然の威力には葦の様に一とたまりもないものだが、考える力がある、と受取った。どちらにしても洒落を出ない。パスカルは、人間は恰《あたか》も脆弱《ぜいじゃく》な葦が考える様に考えねばならぬと言ったのである。人間に考えるという能力があるお蔭で、人間が葦でなくなる筈はない。従って、考えを進めて行くにつれて、人間がだんだん葦でなくなって来る様な気がしてくる、そういう考え方は、全く不正であり、愚鈍である、パスカルはそう言ったのだ。

（「パスカルの『パンセ』について」14－四三）

実証精神というものは、物の見方とか考え方とかに関する智識化し形式化した方法というものを常に疑い、これと戦い、物を直《じ》かに見て物から直かに考える方法を得ようと努める精神を指す……

（「文芸月評XXI」14－五七）

彼〔ドストエフスキイ〕は、何も彼も体験から得た。生活で骨までしゃぶった人のする経験、人生が売ってくれるものを踏み倒したり、値切ったりしなかった人のする経験、自己防衛術を少しも知らず、何事にものめりこめた人のする経験、そういうものから自分は、何も彼も得たのだ、そう言う彼の声が、書簡の何処《どこ》からでも聞える。

（「『カラマアゾフの兄弟』」14－七六）

上手に語れる経験なぞは、経験でもなんでもない。はっきりと語れる自己などは、自己でもなんでもない。

（「『カラマアゾフの兄弟』」14－七六）

本当に才能のある人は、才能を持つ事の辛《つら》さをよく知っている。その辛さが彼を救う。併《しか》し、そういう人は極めて稀《ま》れだ。才能の不足で失敗するより、寧《むし》ろ才能の故に失敗する、大概の人はせいぜいそんな処をうろうろしているに過ぎない。

（「『カラマアゾフの兄弟』」14－一一三）

自己反省の上手な人は、本当に自己を知る事が稀れなものだし、巧みに告白する人から本音が聞ける事も稀れである。反省は自己と信ずる姿を限りなく拵《こしら》え上げ勝ちであるし、そういう姿を、或る事情なり条件なりに応じて都合よくあんばいする事は、どうしようもなく人を自己告白という空疎な自慰に誘う。

（「『カラマアゾフの兄弟』」14－一一七）

これは大変誤り易い事なのだが、憎悪は、感情のものというより寧ろ観念に属するものなのだ。おのずから発する憎悪の情という様なものはないので、一見そう見えるが、実は恐怖の上に織られた複雑な観念であるのが普通であり、意志や勇気や行動に欠けた弱者の言わば一種の固定観念なのである。

（「『カラマアゾフの兄弟』」14－一一二）

僕は、無要な諸観念の跳梁《ちょうりょう》しないそういう時代に、世阿弥が美というものをどういう風に考えたかを思い、其処《そこ》に何んの疑わしいものがない事を確かめた。「物数を極めて、工夫を尽して後、花の失せぬところをば知るべし」。美しい「花」がある、「花」の美しさという様なものはない。彼の「花」の観念の曖昧《あいまい》さに就いて頭を悩ます現代の美学者の方が、化かされているに過ぎない。

美というものが、これほど強く明確な而《しか》も言語道断な或る形であることは、一つの壺が、文字通り僕を憔悴《しょうすい》させ、その代償にはじめて明かしてくれた事柄である。美が、僕の感じる快感という様なものとは別のものだとは知っていたが、こんなにこちらの心の動きを黙殺して、自ら足りているものとは知らなかった。美が深ければ深いほど、こちらの想像も解釈も、これに対して為《な》すところがなく、恰もそれは僕に言語障碍《しょうがい》を起させる力を蔵するものの様に思われた。

（「当麻」14－一三七）

歴史の新しい見方とか新しい解釈とかいう思想からはっきりと逃れるのが、以前には大変難かしく思えたものだ。そういう思想は、一見魅力ある様々な手管《てくだ》めいたものを備えて、僕を襲ったから。一方歴史というものは、見れば見るほど動かし難い形と映って来るばかりであった。新しい解釈なぞでびくともするものではない、そんなものにしてやられる様な脆弱なものではない、そういう事をいよいよ合点して、歴史はいよいよ美

（「『ガリア戦記』」14－一三九）

しく感じられた。

（「無常という事」14－一四四）

晩年の鷗外が考証家に堕したという様な説は取るに足らぬ。あの厖大《ぼうだい》な考証を始めるに至って、彼は恐らくやっと歴史の魂に推参したのである。「古事記伝」を読んだ時も、同じ様なものを感じた。解釈を拒絶して動じないものだけが美しい、これが宣長《のりなが》の抱いた一番強い思想だ。解釈だらけの現代には一番秘められた思想だ。

（「無常という事」14－一四四）

或る日、或る考えが突然浮び、偶々《たまたま》傍にいた川端康成さんにこんな風に喋《しゃべ》ったのを思い出す。彼笑って答えなかったが。「生きている人間などというものは、どうも仕方のない代物《しろもの》だな。何を考えているのやら、何を言い出すのやら、仕出来《しでか》すのやら、自分の事にせよ他人事にせよ、解った例《ため》しがあったのか。鑑賞にも観察にも堪えない。其処に行くと死んでしまった人間というものは大したものだ。何故、ああはっきりとしっかりとして来るんだろう。まさに人間の形をしているよ。してみると、生きている人間とは、人間になりつつある一種の動物かな」

（「無常という事」14－一四四）

思い出となれば、みんな美しく見えるとよく言うが、その意味をみんなが間違えている。僕等が過去を飾り勝ちなのではない。過去の方で僕等に余計な思いをさせないだけなのである。思い出が、僕等を一種の動物である事から救うのだ。記憶するだけではいけないのだろう。思い出さなくてはいけないのだろう。多くの歴史家が、一種の動物に止まるのは、頭を記憶で一杯にしているので、心を虚《むな》しくして思い出す事が出来ないからではあるまいか。

（「無常という事」14－一四五）

この世は無常とは決して仏説という様なものではあるまい。それは幾時如何《いつい か》なる時代でも、人間の置かれる一種の動物的状態である。現代人には、鎌倉時代の何処かのなま女房ほどにも、無常という事がわかっていない。常なるものを見失ったからである。

（「無常という事」14－一四五）

込み上げて来るわだかまりのない哄笑《こうしょう》が激戦の合図だ。これが「平家」という大音楽の精髄である。「平家」の人々はよく笑い、よく泣く。僕等は、彼等自然児達の強靱《きょうじん》な声帯を感ずる様に、彼等の涙がどんなに塩辛いかも理解する。誰も徒《いたず》らに泣いてはいない。空想は彼等を泣かす事は出来ない。

（「平家物語」14－一四八）

理想というものは一番スローガンに堕し易い性質のものです。自分で判断して、自分の理想に燃えることの出来ない人はスローガンとしての理想が要るが、自分でものを見て明確な判断を下せる人にはスローガンとしての理想などは要らない。若《も》しも理想がスローガンに過ぎないのならば、理想なんか全然持たない方がいい。

（「歴史の魂」14－一五六）

「徒然《つれづれ》わぶる人」は徒然を知らない、やがて何かで紛《まぎ》れるだろうから。やがて「惑《まど》ひの上に酔ひ、酔の中に夢をなす」だろうから。兼好は、徒然なる儘《まま》に、「徒然草」を書いたのであって、徒然わぶるままに書いたのではないのだから、書いたところで彼の心が紛れたわけではない。紛れるどころか、眼が冴えかえって、いよいよ物が見え過ぎ、物が解り過ぎる辛さを、「怪しうこそ物狂ほしけれ」と言ったのである。

（「徒然草」14－一六四）

西行は何故出家したか、幸いその原因については、大いに研究の余地があるらしく、西行研究家達は多忙なのであるが、僕には、興味のない事だ。凡《およ》そ詩人を解するには、その努めて現そうとしたところを極めるがよろしく、努めて忘れようとし隠そうとしたところを詮索《せんさく》したとて、何が得られるものではない。

（「西行」14－一七二）

如何にして歌を作ろうかという悩みに身も細る想いをしていた平安末期の歌壇に、如何にして己れを知ろうかという殆ど歌にもならぬ悩みを提げて西行は登場したのである。彼の悩みは専門歌道の上にあったのではない。陰謀、戦乱、火災、饑饉《ききん》、悪疫《あくえき》、地震、洪水、の間にいかに処すべきかを想った正直な一人の人間の荒々しい悩みであった。彼の天賦《てんぷ》の歌才が練ったものは、新しい粗金《あらがね》であった。

（「西行」14－一七八）

努めて古人を僕等に引寄せて考えようとする、そういう類《たぐ》いの試みが、果して僕等が古人と本当に親しむに至る道であろうか。必要なのは恐らく逆な手段だ。実朝《さねとも》という人が、まさしく七百年前に生きていた事を確かめる為に、僕等はどんなに沢山なものを捨ててかからねばならぬかを知る道を行くべきではないのだろうか。

（「実朝」14－二〇七）

実朝の横死は、歴史という巨人の見事な創作になったどうにもならぬ悲劇である。そうでなければ、どうして「若しも実朝が」という様な嘆きが僕等の胸にあり得よう。ここで、僕等は、因果の世界から意味の世界に飛び移る。詩人が生きていたのも、今も尚《なお》生きているのも、そういう世界の中である。彼は殺された。併《しか》し彼の詩魂は、自分は自殺したのだと言うかも知れぬ。一流の詩魂の表現する運命感というものは、まことに不思議なものである。

彼の歌は、彼の天稟《てんぴん》の開放に他ならず、言葉は、殆ど後からそれに追い縋《すが》る様に見える。その叫びは悲しいが、訴えるのでもなく求めるのでもない。感傷もなく、邪念を交えず透き通っている。決して世間というものに馴《な》れ合おうとしない天稟が、同じ形で現れ、又消える。彼の様な歌人の仕事に発展も過程も考え難い。彼は、常に何かを待ち望み、突然これを得ては、又突然これを失う様である。

（「実朝」14－二〇七）

理論と実践、という言葉が戯言《ざれごと》に終らぬ事は極めて稀《ま》れである。立派な行為者の道は、遂に達人名人に到る一種の神秘道である事を、率直に認める方が遥かに正しい。一種の神秘道とは、意識するとしないとに拘《かかわ》らず、自己訓練の道に他ならず、そして又これは大事な事だが、自分が精通し熟知した事柄こそ最も難かしいと悟る道ではないのか。不言実行という言葉は誤解されている。お喋りは退屈だとか唖は実行家だとかいう意味ではない。言おうにも言われぬ秘義というものが必ず在るので、それを、実行によって明

（「実朝」14－二一八）

るみに出すという意味である。

（「ゼークトの『一軍人の思想』について」14－二二七）

万葉詩人は「言絶えてかく面白き」と歌っていますが、言霊《ことだま》を得るためには、先ず言葉ではどうしても表現出来ない或るものが見えていなければいけないのです。赤人《あかひと》は富士山を見て、言語に絶する「言絶えて」珍らしく面白き富士山の美しさを見た。到底言葉で言い現すことは出来ぬ。だが、これを言葉にしなければならぬ。そこに詩人の本当の技巧がある。苦しみがある。そういう苦しみを通じないと、詩人は決して存在に肉迫することは出来ぬ。従って言葉は物とならぬ。

（「文学者の提携について」14－二三二）

8

モオツァルトの
かなしさは疾走する
涙は追いつけない

【小林秀雄の歳月8】昭和二十一〜昭和二十三（一九四六〜一九四八）年　四十四〜四十六歳

昭和二十年八月、太平洋戦争が終った。翌二十一年十二月、雑誌『創元』に「モオツァルト」を発表する。音楽には子供の頃から親しんでいた。当時、日本でクラシック音楽を聴くことは容易でなかったが、機械科系の実業家だった父豊造が、海外から蓄音機を持ち帰った。この蓄音機が小林秀雄をレコード・ファンに育てた。十六年十二月に始まった太平洋戦争の戦時下から戦後にかけて、文芸批評の類は一枚も書かず、十三年頃からの骨董愛玩、それに続いた日本の古典愛読と並び、ひたすらレコードを聴いていた。「モオツァルト」は十八年十二月、中国の旅行中に書き始めた。しかしこれは破棄し、戦後新たに筆を起した。発表の翌年、横光利一との対談で、この仕事は江戸時代の医師、杉田玄白の蘭学のようなものだと言っている。それまで誰も手を着けたことがない、自分自身も経験したことがない、できるかどうかわからない、だから書くのだという意味である。

僕は政治的には無智な一国民として事変に処した。黙って処した。それについて今は何の後悔もしていない。大事変が終った時には、必ず若《も》しかくかくだったら事変は起らなかったろう、事変はこんな風にはならなかったろうという議論が起る。必然というものに対する人間の復讐《ふくしゅう》だ。はかない復讐だ。この大戦争は一部の人達の無智と野心とから起ったか、それさえなければ、起らなかったか。どうも僕にはそんなお目出度《めでた》い歴史観は持てないよ。僕は歴史の必然性というものをもっと恐しいものと考えている。僕は無智だから反省なぞしない。利巧な奴はたんと反省してみるがいいじゃないか。

（「コメディ・リテレール　小林秀雄を囲んで〈座談〉」15－三四）

美は人を沈黙させるとはよく言われる事だが、この事を徹底して考えている人は、意外に少いものである。優れた芸術作品は、必ず言うに言われぬ或るものを表現していて、これに対しては学問上の言語も、実生活上の言葉も為《な》す処を知らず、僕等は止《や》むなく口を噤《つぐ》むのであるが、一方、この沈黙は空虚ではなく感動に充ちているから、何かを語ろうとする衝動を抑え難く、而《しか》も、口を開けば嘘になるという意識を眠らせてはならぬ。そういう沈黙を創り出すには大手腕を要し、そういう沈黙に堪えるには作品に対する痛切な愛情を必要とする。美というものは、現実にある一つの抗し難い力であって、妙な言い方をする様だが、普通一般に考えられているよりも実は遥かに美しくもなく愉快でもないものである。

（「モオツァルト」15－五九）

天才とは努力し得る才だ、というゲエテの有名な言葉は、殆《ほとん》ど理解されていない。努力は凡才でもするからである。然《しか》し、努力を要せず成功する場合には努力はしまい。彼には、いつもそうあって欲しいのである。天才は寧《むし》ろ努力を発明する。凡才が容易と見る処に、何故、天才は難問を見るという事が屢々《しばしば》起るのか。詮《せん》ずるところ、強い精神は、容易な事を嫌うからだという事になろう。

極度に明敏な人は夢想するに到る。限度を越えて疑うものは信ずるに到る。

（「モオツァルト」15－六二）

モオツァルトのかなしさは疾走する。涙は追いつけない。涙の裡《うち》に玩弄《がんろう》するには美しすぎる。空の青さや海の匂いの様に、「万葉」の歌人が、その使用法をよく知っていた「かなし」という言葉の様にかなしい。

（「モオツァルト」15－七三）

（「モオツァルト」15－八〇）

誰も、モオツァルトの音楽の形式の均整を言うが、正直に彼の音を追うものは、彼の均整が、どんなに多くの均整を破って得られたものかに容易に気付く筈《はず》だ。彼は、自由に大胆に限度を踏み越えては、素早く新しい均衡を作り出す。到る処で唐突な変化が起るが、彼があわてているわけではない。方々に思い切って切られた傷口が口を開けている。独特の治癒法を発明する為だ。彼は、決してハイドンの様な音楽形式の完成者ではない。寧ろ最初の最大の形式破壊者である。彼の音楽の極めて高級な意味での形式の完璧は、彼以後のいかなる音楽家にも影響を与えなかった、与え得なかった。

（「モオツァルト」15 - 八九）

不平家とは、自分自身と決して折合わぬ人種を言うのである。不平家は、折合わぬのは、いつも他人であり環境であると信じ込んでいるが。

（「モオツァルト」15 - 九五）

強い精神にとっては、悪い環境も、やはり在るが儘《まま》の環境であって、そこに何一つ欠けている処も、不足しているものもありはしない。不足な相手と戦えるわけがない。好もしい敵と戦って勝たぬ理由はない。命の力には、外的偶然をやがて内的必然と観ずる能力が備わっているものだ。

（「モオツァルト」15 - 九六）

模倣は独創の母である。唯一人のほんとうの母親である。

モオツァルトは、目的地なぞ定めない。歩き方が目的地を作り出した。彼はいつも意外な処に連れて行かれたが、それがまさしく目的を貫いたという事であった。

（「モオツァルト」15 - 九八）

彼は、時間というものの謎の中心で身体の平均を保つ。謎は解いてはいけないし、解けるものは謎ではない。

（「モオツァルト」15 - 九九）

僕等の人生は過ぎて行く。だが、何に対して過ぎて行くと言うのか。過ぎて行く者に、過ぎて行く物が見えようか。生は、果して生を知るであろうか。

（「モオツァルト」15 - 一〇一）

（「モオツァルト」15 - 一〇二）

僕が、はじめてランボオに、出くわしたのは、廿三歳の春であった。その時、僕は、神田をぶらぶら歩いていた、と書いてもよい。向うからやって来た見知らぬ男が、いきなり僕を叩《たた》きのめしたのである。僕には、何んの準備もなかった。ある本屋の店頭で、偶然見付けたメルキュウル版の「地獄の季節」の見すぼらしい豆本に、どんなに烈《はげ》しい爆薬が仕掛けられていたか、僕は夢にも考えてはいなかった。

（「ランボオⅢ」15－一一四）

人間は、憎悪し拒絶するものの為には苦しまない。本当の苦しみは愛するものからやって来る。

（「ランボオⅢ」15－一二六）

「他界」というものが在るか無いかという様な奇怪な問題は暫《しばら》く置く（尤《もっと》も、そういう問題にいっぺんも見舞われた事のない人の方が、一層奇怪に思われるが）。確かな事は、僕等の棲《す》む「下界」が既に謎と神秘に充ち充ちているという事だ。僕等が理解している処から得ているものは、理解していないところから得ているものに比べれば、物の数ではあるまい。而も、その事が、僕等の生存の殆ど本質をなすものではなかろうか。

何んの感情もないところから、一つの感情が現れて来る。殆ど虚無に似た自然の風景のなかから、一つの肉体が現れて来る。彼は河原に身を横たえ、飲もうとしたが飲む術《すべ》がなかった。彼は、ランボオであるか。どうして、そんな妙な男ではない。それは僕等だ、僕等皆んなのぎりぎりの姿だ。

（「ランボオⅢ」15‐一三七）

幸福は、己れを主張しようともしないし、他人を挑撥《ちょうはつ》しようともしない。言わば無言の智慧《ちえ》であろうが、そういうものも亦《また》大思想であると考える事が、現代では、何んと難かしい事になったか。

（「ランボオⅢ」15‐一四三）

ある日、その友人と彼の知合いの骨董《こっとう》屋の店で、雑談していた折、鉄砂《てっしゃ》で葱坊主《ねぎぼうず》を描いた李朝《りちょう》の壺《つぼ》が、ふと眼に入り、それが烈しく僕の所有欲をそそった。吾《われ》ながらおかし

（「光悦と宗達」15‐一九三）

い程逆上して、数日前買って持っていたロンジンの最新型の時計と交換して持ち還った。どうも今から考えるとその時、言わば狐がついたらしいのである。

（「骨董」16－八五）

買ってみなくてはわからぬ、とよく骨董好きはいうが、これは勿論《もちろん》、美は買う買わぬには関係はないと信じている人々に対していうのであって、骨董とは買うものだとは仲間ではわかりきったことなのである。なるほど器物の美しさは、買う買わぬと関係はあるまいが、美しい器物となれば、これを所有するとしないとでは大変な相違である。美しい物を所有したいのは人情の常であり、所有という行為に様々の悪徳がまつわるのは人生の常である。

（「骨董」16－八九）

世間を小説風に見ることから始めて、小説を世間風に見る事に終る、どうもこれが大多数の小説読者が歩く道らしく思われる……

（「『罪と罰』についてⅡ」16－一〇一）

僕には、原作の不安な途轍《とてつ》もない姿は、さながら作者の独創力の全緊張の象徴と見える。矛盾を意に介さぬ精神能力の極度の行使、精神の両極間の運動の途轍もない振幅を領する為に要した彼の不断の努力、それがどれほどのものであったかを僕は想う。彼を知る難かしさは、とどのつまり、己れを知る易しさを全く放棄して了う事に帰するのではあるまいか。彼が限度を踏み超える時、僕も限度を踏み超えてみねばならぬ。何故か。彼の作品が、そう要求しているからだ。彼の謎めいた作品は、あれこれの解き手を期待しているが故《ゆえ》に謎めいているとは見えず、それは、彼の全努力によって支えられた解いてはならぬ巨《おお》きな謎の力として現れ、僕にそういう風に要求するからである。僕は背後から押され、目当てもつかず歩き出す。眼の前には白い原稿用紙があり、僕を或る未知なものに関する冒険に誘う。そして、これは僕自身を実験してみる事以外の事であろうか。

（「『罪と罰』についてⅡ」16－一〇三）

人間とは何かという問いは、自分とは何かという問いと離す事が出来ない。何故かというと、人間を一応は、事物の様に対象化して観察してみる事が出来るとしても、それは、人間に、あまり遠方から質問する事になるからである。人間は何かである事を絶えず拒絶して、何かになろうとしている。そういう人間に問いを掛けるには、もっと人間に近付かねばならぬ、近付き過ぎるほど近付いて問わねばならぬ。僕に一番近付き過ぎている人間は、僕自身に他ならない。

（「『罪と罰』についてⅡ」16－一一五）

最初に直覚があるとは恐ろしい事である。先ず直覚しない聡明は、何事もなし得ぬものである。

（「『罪と罰』についてⅡ」16－一二二）

生きて行く理由は見附からぬが、何故死なないでいるのか解らない、そういう時に、生きる悲しみがラスコオリニコフの胸を締めつけるのである。

（「『罪と罰』についてⅡ」16－一三五）

口に出せば嘘としかならない様な真実があるかも知れぬ、滑稽《こっけい》となって現れる他はない様な深い絶望もあるかも知れぬ。

（「『罪と罰』についてⅡ」16 - 一三九）

僕は、僕にとって、いつも個性という形式の下に統一された謎、そのどの様な解決も、断片的解決と感ぜざるを得ない様な全体的謎として現れる。この様な自己の姿が、いつも生き生きとして眼前にあるが為には、或る種の知的努力が必要である。というより、謎の現実性をいよいよ痛切に経験する、という事が、少くとも人間に関しては真に知る事である。

（「『罪と罰』についてⅡ」16 - 一六〇）

9

人間は
憎み合う事によっても
協力する

【小林秀雄の歳月9】昭和二十四〜昭和二十五（一九四九〜一九五〇）年　四十七〜四十八歳

昭和二十四年八月、「中原中也の思い出」を発表する。大正十四年四月、東京帝国大学入学直後に小林秀雄は詩人・中原中也と知りあい、中也の恋人をめぐって「奇怪な三角関係」に陥った。中也は、昭和十二年十月、未刊の詩集の原稿を小林秀雄に託して死んだ。享年三十だった。――戦争の時期に離れた文学との距離は依然として縮まらず、終戦の翌年、「モオツァルト」を発表した後はレコードからも離れ、こんどは書画に没頭する時期が続いた。わけても富岡鉄斎に打ち込み、ゴッホに衝撃を受け、二十四年七月から十月にかけて「美の問題」などを発表、同年十月、それらをまとめて『私の人生観』を刊行した。音楽好きも、眠っていたわけではなかった。親友・河上徹太郎と河上の故郷、山口県岩国を訪ねる夜行列車の中の音楽談義がすさまじい「酔漢」、音楽を語って表現とはいかに生きるべきかの実験だと説く「表現について」もこの時期である。

日本人は、何と遠い昔から富士を愛して来たかという感慨なしに、恐らく鉄斎は、富士山という自然に対する事が出来なかったのである。彼は、この態度を率直に表現した。讃嘆の長い歴史を吸って生きている、この不思議な生き物に到る前人未到の道を、彼は発見した様に思われる。自然と人間とが応和する喜びである。この思想は古い。嘗《かつ》て宋の優れた画人等の心で、この思想は既に成熟し切っていた。鉄斎は、独特な手法で、これを再生させた。彼は、生涯この喜びを追い、喜びは彼の欲するままに深まった様である。悲しみも苦しみも、彼の生活を見舞った筈《はず》であるが、さようなものは画材とするに足りぬ、と彼は固く信じていた。

（「鉄斎Ⅱ」17－三二）

与えられた対象を、批評精神は、先ず破壊する事から始める。よろしい、対象は消えた。しかし自分は何かの立場に立って対象を破壊したに過ぎなかったのではあるまいか、と批評して見給え。今度はその立場を破壊したくなるだろう。立場が消える。かようにして批評精神の赴くところ、消えないものはないと悟るだろう。最後には、諸君の最後の拠りどころ、諸君自身さえ、諸君の強い批評精神は消して了《しま》うでしょう。そういうところまで来て、批評の危険を経験するのです。自分にとって危険であると悟るのです。そういう体験のなかで、批評という毒が創造の糧《かて》に変ずる機会があるのです。しかし大多数の人が中途半端のところで安心している様に思われてなりません。批評は他人には危険かも知れないが、自分自身には少しも危険ではない、そういう批評を安心してやっている。だから批評の為の批評しか出来上らぬ。

（「文化について」17－八九）

人間は憎み合う事によっても協力する……

（「中原中也の思い出」17－一一三）

二人は、八幡宮の茶店でビールを飲んだ。夕闇の中で柳が煙っていた。彼は、ビールを一と口飲んでは、「ああ、ボーヨー、ボーヨー」と喚《わめ》いた。「ボーヨーって何んだ」「前途茫洋《ぼうよう》さ、ああ、ボーヨー、ボーヨー」と彼は眼を据え、悲し気な節を付けた。私は辛《つら》かった。詩人を理解するという事は、詩ではなく、生れ乍《なが》らの詩人の肉体を理解するという事は、何んと辛い想いだろう。彼に会った時から、私はこの同じ感情を繰返し経験して来たが、どうしても、これに慣れる事が出来ず、それは、いつも新しく辛いものであるかを訝《いぶか》った。

（「中原中也の思い出」17 - 一二五）

それは確かに在ったのだ。彼を閉じ込めた得態《えたい》の知れぬ悲しみが。彼は、それをひたすら告白によって汲み尽そうと悩んだが、告白するとは、新しい悲しみを作り出す事に他ならなかったのである。彼は自分の告白の中に閉じこめられ、どうしても出口を見附ける事が出来なかった。彼を本当に閉じ込めている外界という実在にめぐり遇う事が出来なかった。

（「中原中也の思い出」17 - 一二八）

私は、書くのが職業だから、この職業に、自分の喜びも悲しみも託して、この職業に深入りしております。深入りしてみると、仕事の中に、自《おのずか》ら一種職業の秘密とでも言うべきものが現れて来るのを感じて来る。あらゆる専門家の特権でありますす。秘密と申しても、無論これは公開したくないという意味の秘密ではない、公開が不可能なのだ。人には全く通じ様もない或るものなのだ。それどころか、自分にもはっきりしたものではないかも知れぬ。ともかく、私は、自分の職業の命ずる特殊な具体的技術のなかに、そのなかだけに、私の考え方、私の感じ方、要するに私の生きる流儀を感得している。かような意識が職業に対する愛着であります。

(「私の人生観」17－一三七)

天職という言葉がある。若《も》し天という言葉を、自分の職業に対していよいよ深まって行く意識的な愛着の極限概念と解するなら、これは正しい立派な言葉であります。今日天職という様な言葉がもはや陳腐に聞えるのは、今日では様々な事情から、人が自分の一切の喜びや悲しみを託して悔いぬ職業を見附ける事が大変困難になったので、多くの人が職業のなかに人間の目的を発見する事を諦《あきら》めて了ったからです。これは悲しむべき事であります。

（「私の人生観」17－一三七）

人間は何と人間らしからぬ沢山の望みを抱き、とどのつまりは何んとただの人間で止まる事でしょうか。

（「私の人生観」17－一四二）

無我の法の発見は、恐らく釈迦《しゃか》を少しも安心などさせなかったのである。人間どもを容赦なく焼きつくす火が見えていたのである。進んで火に焼かれる他、これに対するどんな態度も迷いであると彼は決意したのではあるまいか。不死鳥は灰の中から飛び立たぬ筈があろうか、心ない火が、そのまま慈悲の火となって、人の胸に燃えないと誰が言おうか。

（「私の人生観」17－一五三）

大切な事は、真理に頼って現実を限定する事ではない、在るがままの現実体験の純化である。見るところを、考える事によって抽象化するのではない、見る事が考える事と同じになるまで、視力を純化するのが問題なのである。

（「私の人生観」17 - 一五四）

観は、日本の優れた芸術家達の行為のうちを貫道しているのであり、私達は、彼等の表現するところに、それを感得しているという事は疑えぬ。西行の歌に託された仏教思想を云々《うんぬん》すれば、そのうちで観という言葉は死ぬが、例えば、「春風の花を散らすと見る夢はさめても胸の騒ぐなりけり」と歌われて、私達の胸中にも何ものかが騒ぐならば、西行の空観は、私達のうちに生きているわけでしょう。まるで虚空《こくう》から花が降って来る様な歌だ。厭人《えんじん》も厭世もありはしない。この悲しみは生命に溢《あふ》れています。この歌を美しいと感ずる限り、私達は、めいめいの美的経験のうちに、空即是色《くうそくぜしき》の教えを感得しているわけではないか。美しいと感ずる限りだ、感じなければ縁なき衆生《しゅじょう》である、まことに不思議な事であります。

（「私の人生観」17 - 一五六）

仏教によって養われた自然や人生に対する観照的態度、審美的態度は、意外に深く私達の心に滲透《しんとう》しているのであって、丁度雑沓《ざっとう》する群集の中でふと孤独を感ずる様に、現代の環境のあわただしさの中で、ふと我に還るといった様な時に、私はよく、成る程と合点するのです。まるで遠い過去から通信を受けた様に感じます。決して私の趣味などではない。私はそうは思わぬ。正直に生きている日本人には、みんな経験がある筈だと思っています。人間は伝統から離れて決して生きる事は出来ぬものだからであります。

（「私の人生観」17－一五七）

一体文化などという言葉からしてでたらめである。文化という言葉は、本来、民を教化するのに武力を用いないという意味の言葉なのだが、それをculture の訳語に当てはめて了ったから、文化と言われても、私達には何の語感もない。語感というもののない言葉が、でたらめに使われるのも無理はありませぬ。culture という言葉は、極く普通の意味で栽培するという言葉です。西洋人には、その語感は充分に感得されている筈ですから、culture の意味が、いろいろ多岐に分れ、複雑になっても根本の意味合いは恐らく誤られてはおりますまい。果樹を栽培して、いい実を結ばせる、それがculture だ、つまり果樹の素質なり個性なりを育てて、これを発揮させる事が、cultivate である。自然を材料とする個性を無視した加工は technique であって、culture ではない。technique は国際的にもなり得よう、事実なっているが、国際文化などというのは妄想である。意味をなさぬ。

（「私の人生観」17 - 一五七）

私達が、少年の日の楽しい思い出に耽《ふけ》る時、少年の日の希望は蘇《よみがえ》り、私達は未来を目指して生きる。老人は思い出に生きるという、だが、彼が過去に賭けているものは、彼の余命という未来である。かくの如きが、時間というものの不思議であります。

（「私の人生観」17 - 一六二）

戦の日の自分は、今日の平和時の同じ自分だ。二度と生きてみる事は、決して出来ぬ命の持続がある筈である。無智は、知ってみれば幻であったか。誤りは、正してみれば無意味であったか。

（「私の人生観」17 - 一六二）

昨日の事を後悔したければ、後悔するがよい、いずれ今日の事を後悔しなければならぬ明日がやって来るだろう。その日その日が自己批判に暮れる様な道を何処《どこ》まで歩いても、批判する主体の姿に出会う事はない。別な道が屹度《きっと》あるのだ、自分という本体に出会う道があるのだ、後悔などというお目出度《めでた》い手段で、自分をごまかさぬと決心してみろ、そういう確信を〔宮本〕武蔵は語っているのである。それは、今日まで自分が生きて来たことについて、その掛け替えのない命の持続感というものを持て、という事になるでしょう。

（「私の人生観」17 - 一六三）

「意は目に付き、心は付かざるもの也」、常の目は見ようとするが、見ようとしない心にも目はあるのである。言わば心眼です。見ようとする意が目を曇らせる。だから見の目を弱く観の目を強くせよと言う。

（「私の人生観」17 - 一六四）

文化活動とは、一軒でもいい、確かに家が建つという事だ。木造建築でもいい、思想建築でもいいが、ともかく精神の刻印を打たれたある現実の形が創り出されるという事だ。そういう特殊な物を作り出す勤労である。手仕事である。

（「私の人生観」17－一六六）

文化の生産とは、自然と精神との立会いである。手仕事をする者はいつも眼の前にある物について心を砕いている。批評という言葉さえ知らぬ職人でも、物に衝突する精神の手ごたえ、それが批評だと言えば、解り切った事だと言うでしょう。

（「私の人生観」17－一六七）

正常に考えれば、実行家というものは、みな懐疑派である。精神は、いつも未知な事物に衝突していて、既知の言葉を警戒しているからだ。先ず信ずるから疑う事が出来るのである。与えられた事物には、常に精神の法則を超える何ものかがある。実行という行為には、常に理論より豊富な何ものかが含まれている、さような現実性に関する畏敬の念が先ず在るのである。だから強く疑う事が出来るのです、最後の一つ手前のものまでは。

（「私の人生観」17－一六八）

美しい自然を眺めてまるで絵の様だと言う、美しい絵を見てまるで本当の様だと言います。これは、私達の極く普通な感嘆の言葉であるが、私達は、われ知らず大変大事な事を言っている様だ。要するに、美は夢ではないと言っているのであります。

（「私の人生観」17－一七七）

海が光ったり、薔薇《ばら》が咲いたりするのは、誰の眼にも一応美しい、だが、人間と生れてそんな事が一番気にかかるとは、一体どうした事なのか。

（「私の人生観」17－一七七）

画を見る為に、人々は、めいめいの喜びも悲しみも捨ててかかる必要はない。各自が各自の個性を通し、異った仕方で一枚の画に共感し、われ知らず生き生きとした自信に満ちた心の状態を創り出す。そういう心は、互にどんなに異っていようが、友を呼び合うものです。

自分自身と和する事の出来ぬ心が、どうして他人と和する事が出来ようか。そういう心は、同じて乱をなすより他に行く道がない。

（「私の人生観」17－一八一）

（「私の人生観」17－一八一）

私は、一時、原稿も書かず、文学者との交際も殆《ほとん》ど止めて、造型美術を見る事に夢中になった事がある。その当時、痛感した事は、私の様に久しい間近代文学の饒舌《じょうぜつ》の中に育って来た者にとって、絵や彫刻の沈黙に堪えるという事が、いかに難かしいかという事であった。ただ黙って見て楽しむのが難かしいというのではない。ある絵に現れた真剣さが、何を意味するか問おうとして、注意力を緊張させると、印象から言葉への通常の道を、逆に言葉から知覚へと進まねばならぬ努力感が其処《そこ》に生じ、殆どいつも、一種の苦痛さえ経験した。そういう時、私は恐らく画家の努力を模倣しているのだが、詩人も同じ努力をしていない筈《はず》がない。

（「私の人生観」17－一八二）

思想のモデルを、決して外部に求めまいと自分自身に誓った人、平和という様な空漠たる観念の為に働くのではない、働く事が平和なのであり、働く工夫から生きた平和の思想が生れるのであると確信した人、そういう風に働いてみて、自分の精通している道こそ最も困難な道だと悟った人、そういう人々は隠れてはいるが到る処にいるに違いない。私はそれを信じます。

（「私の人生観」17－一九六）

万人にとっては、時は経つのかも知れないが、私達めいめいは、蟇口《がまぐち》でも落すような具合に時を紛失する。紛失する上手下手が即ち時そのものだ。そして、どうやら上手に失った過去とは、上手に得る未来の事らしい。

（「秋」17－二〇一）

芸術家達は百年ほど前から自己表現などという言葉を使い出したが、どうも大した意味があるようにも思えない。「私」の表現なんていうものはない。そんな事は誰にも出来ない。歴史とは、無数の「私」が何処かへ飛び去った形骸《けいがい》である。

（「秋」17－二〇三）

友達も長い間つき合っていると、友達たる事にお互にテレるものである。誤解というつき合いの大事なきっかけがお互に消失する為か。

（「酔漢」17－二〇五）

現代の戦争とは、もはや娑婆《しゃば》の出来事ではないのである。恐るべき兵器を前にして、人間はもはやその勇気を試すことも、その意志を鍛えることも不可能だ。爆弾の餌食《えじき》に英雄も卑怯者《ひきょうもの》もない。戦争という暴力、それはもはや悪でさえない。悪なら善に変らぬとも限るまい。

（「『きけわだつみのこえ』」17－二一二）

生きた人が死んで了《しま》った人について、その無気《なけ》なしの想像力をはたく。だから歴史がある。

（「蘇我馬子の墓」17－二一六）

私は、バスを求めて、田舎道を歩いて行く。大和三山が美しい。それは、どの様な歴史の設計図をもってしても、要約の出来ぬ美しさの様に見える。「万葉」の歌人等は、あの山の線や色合いや質量に従って、自分達の感覚や思想を調整したであろう。取り止めもない空想の危険を、僅《わず》かに抽象的論理によって、支えている私達現代人にとって、それは大きな教訓に思われる。

（「蘇我馬子の墓」17－二二六）

文学はやはり西洋ものを尊敬しております。自分の為になるもの、読んで栄養がつくものはどうしても西洋人のものなんです。若い人でやっぱり西洋文学をどんどんやるのが正しいと思います。何と言っても近代文学は西洋の方が偉いです。併《しか》し物を見る眼、頭ではない、視力です。これを養うのは西洋のものじゃだめ、西洋の文学でも、美術でも、眼の本当の修練にはならない。日本人は日本で作られたものを見る修練をしないと眼の力がなくなります。頭ばかり発達しましして。例えば短歌なんかやっている方は、日本の自然というものを実によく見ている。眼の働かせ方の修練が出来ているという感じを受けますが、西洋風な詩を作る詩人のものを読むと、みな眼が駄目です。

（「古典をめぐりて〈対談〉」17－二三五）

私は、絵を見乍《なが》ら、岩というものに対する雪舟の異常な執着と言った様なものを、しきりに思った。一見磊落《らいらく》で奔放と思われる描線も、よくよく見ると癇《かん》の強い緊張し切ったものなのであり、それは、あたかも形を透し、質量に到ろうと動いている様だ。筆を捨て、鑿《のみ》を採らんとしている様だ。これ以上やったら、絵の限界を突破して了う、画家の意志が踏みこたえる、そんな感じを受ける。

（「雪舟」18－一一）

例えば、私は何かを欲する、欲する様な気がしているのではたまらぬ。欲する事が必然的に行為を生む様に、そういう風に欲する。つまり自分自身を信じているから欲する様に欲する。自分自身が先ず信じられるから、私は考え始める。そういう自覚を、いつも燃やしていなければならぬ必要を私は感じている。放って置けば火は消えるからだ。信仰は、私を救うか。私はこの自覚を不断に救い出すという事に努力しているだけである。

（「信仰について」18-二七）

表現するとは、己れを圧《お》し潰《つぶ》して中味を出す事だ、己れの脳漿《のうしょう》を搾《しぼ》る事だ……

（「表現について」18-三二）

ベルグソンの哲学は、直観主義とか反知性主義とか呼ばれているが、そういう哲学の一派としての呼称は、大して意味がないのでありまして、彼の思想の根幹は、哲学界からはみ出して広く一般の人心を動かした所のものにある、即ち、平たく言えば、科学思想によって危機に瀕《ひん》した人格の尊厳を哲学的に救助したというところにあるのであります。人間の内面性の擁護、観察によって外部に捕えた真理を、内観によって、生きる緊張の裡《うち》に奪回するという処にあった。

（「表現について」18-四七）

生活しているだけでは足りぬと信ずる処に表現が現れる。表現とは認識なのであり自覚なのである。いかに生きているかを自覚しようとする意志的な意識的な作業なのであり、引いては、いかに生くべきかの実験なのであります。

（「表現について」18-五〇）

音楽はただ聞えて来るものではない、聞こうと努めるものだ。と言うのは、作者の表現せんとする意志に近付いて行く喜びなのです。どういう風に近付いて行くか。これは耳を澄ますより外はない、耳の修練であって、頭ではどうにもならぬ事であります。

（「表現について」18-五一）

音楽の美しさに驚嘆するとは、自分の耳の能力に驚嘆する事だ、そしてそれは自分の精神の力に今更の様に驚く事だ。空想的な、不安な、偶然な日常の自我が捨てられ、音楽の必然性に応ずるもう一つの自我を信ずる様に、私達は誘われるのです。

（「表現について」18-五二）

人間の化けの皮を、あんまり剝《は》がすともはや人間ではなくなる恐れがある。現代人は何かにつけ、現実暴露が、聡明な人間の特権の様な顔をしているが、暴露された現実には、もはや人間の影がなくなっているという事は、あまり気にかけない様である。

（「或る夜の感想」18－八一）

人生とは極めて真面目な芝居であり、出来るだけ上手に芝居をしようとする努力が人生そのものだと言えよう。俳優は勿論《もちろん》、見物もこの努力に参加している。上手に演じようとする俳優の技術は、上手に見ようとする見物の技術と同じ性質のものである。名優と見巧者《みごうしゃ》とは、完全に協力している。お互に相手によって己れを律している。相手のうちに己れの鏡を見て楽しむ。人生の友愛は、そういう交りを重ねる以外、何処《どこ》に生れ得ようか。

（「或る夜の感想」18－八二）

作品を書くとは、読者を予想する事だ、見物の拍手を期待して演技する事だ。自分一人の為に書くとは、自分の裡の理想的見物の期待に添おうと工夫する事だ。人間は、孤独な反省に頼って己れを知る様には決して作られてはいないのである。常に他人が必要だ、いや他人を信ずる事が、他人に信じられる事が。

（「或る夜の感想」18 - 八三）

人間は、その音声によって判断出来る、又それが一番確かだ、誰もが同じ意味の言葉を喋《しゃべ》るが、喋る声の調子の差違は如何《いかん》ともし難く、そこだけがその人の人格に関係して、本当の意味を現す、この調子が自在に捕えられる様になると、人間的な思想とは即ちそれを言う調子であるという事を悟る、自分も頭脳的判断については、思案を重ねて来た者だが、遂には言わば無智の自覚に達した様である、其処《そこ》まで達しないと、頭脳的判断というものは紛糾し、矛盾し、誤りを重ねるばかりだ……

（「年齢」18 - 九六）

喜びを新たにするには悲しみが要り、信を新たにするには疑いが要る。

（「好色文学」18 - 一〇七）

人間に一番興味ある「物」は、人間であろうし、一番激しい興味は、恋愛の情にあるだろう。恋歌は詩の基だ。「あはれ」は殆《ほと》んどすべての種類の感情感動を指す語だが、悲哀傷心は、人の最も深い感情であろう。悲しみは、行為となって拡散せず、内に向って己れを嚙《か》むからである。

（「好色文学」18-一〇七）

真似は尋常な行為である。子供は、理解する前に、先ず真似をしなければ、大人にはなれないし、私達の生活の大部分は人真似で成立っている。真似をするには、他人の存在が必要であるのみならず、他人への信頼が必要である。両者は、私達の尋常な生活感情のなかでは、一つのものだ。私達が人真似を殆ど意識しないのも、この感情が、私達には如何《いか》に根強く、又解り切ったものであるかを語っている。

（「金閣焼亡」18-一三六）

性善説は、古ぼけた説とも、素朴な説とも思われない。人間は、他人とともに生きねばならず、生きるとは他人を信頼する事だ、そういう智慧《ちえ》には、社会教育による後天的なものと考えるには、余り根本的なものがある。自然は肉体に健康を授けた様に、精神にそういう智慧を授けた様だ。常識という不思議な言葉を考えていると、私達に目や耳がある様に、一種の社会的感覚を司《つかさど》る器官を、私達はどこかに持って生れていると考えざるを得ない。常識感は、健康感の様に深く隠れていて、病気だけを意識する様に、非常識なものだけを意識する。

（「金閣焼亡」18－一三七）

風景に対する愛や信頼がなければ、風景画家に風景というものは存在しない。そうして出来上った風景画は、見る人に愛や信頼を要求している。かような要求に共鳴するからこそ、美しい形の知覚は、動かし難く、堅固なものになるのである。かくの如きが、美しい形の持つ意味なのであり、意味を欠いた美しい形は、忽《たちま》ち安定を失う。

（「金閣焼亡」18－一四二）

嘗《かつ》て、古代の土器類を夢中になって集めていた頃、私を屢々《しばしば》見舞って、土器の曲線の如く心から離れ難かった想いは、文字という至便な表現手段を知らずに、いかに長い間人間は人間であったか、優美や繊細の無言の表現を続けて来たか、という事であった。

（「偶像崇拝」18－一九六）

私は屢々思う事がある、もし科学だけがあって、科学的思想などという滑稽《こっけい》なものが一切消え失せたら、どんなにさばさばして愉快であろうか、と。合理的世界観という、科学という学問が必要とする前提を、人生観に盗用なぞしなければいいわけだ。科学を容認し、その確実な成果を利用している限り、理性はその分を守って健全であろう。

（「偶像崇拝」18－一九九）

絵を見るとは一種の練習である。練習するかしないかが問題だ。私も現代人であるから敢《あ》えて言うが、絵を見るとは、解っても解らなくても一向平気な一種の退屈に堪える練習である。練習して勝負に勝つのでもなければ、快楽を得るのでもない。理解する事とは全く別種な認識を得る練習だ。

（「偶像崇拝」18－二〇三）

10

美は
信用であるか
そうである

【小林秀雄の歳月10】昭和二十六～昭和二十八（一九五一～一九五三）年　四十九～五十一歳

昭和二十二年三月、東京都美術館で〈泰西名画展〉が開かれた。行ってはみたが展示室は生徒たちでいっぱいで、喧騒と埃《ほこり》で肝心の絵はとても見られない。小林秀雄はしかたなく複製画が陳列された広間をぶらついていた。ところが、「ゴッホの画の前に来て、愕然《がくぜん》としたのである。それは、麦畑から沢山の烏《からす》が飛び立っている画で、彼が自殺する直前に描いた有名な画の見事な複製であった。尤《もっと》もそんな事は、後で調べた知識であって、その時は、ただ一種異様な画面が突如として現れ、僕は、とうとうその前にしゃがみこんで了《しま》った」。この不意のゴッホとの出会いからほぼ五年、雑誌連載を経て二十七年六月、『ゴッホの手紙』を刊行する。また十六年の夏以来、文学から離れた時期は続いていたが、ライフワークとなったドストエフスキー研究は戦後まもなく再開し、二十三年十一月には「『罪と罰』についてⅡ」を、二十七年五月からは「『白痴』についてⅡ」を発表した。

美は信用であるか。そうである。純粋美とは譬喩《ひゆ》である。

（「真贋」19－一二六）

私は長い事かかって政治への不信を育てて来た。格別な事を企図《きと》した訳ではない。日本という場所に置かれた普通の日本人の心が感ずるあらゆる矛盾を、余すところなく感じようと努めて来ただけである。私の気質は、文化の指導者を、あまり信用しない。指導者には、悲しみは適さない。悲しみには独白しかないだろうが、雄弁も空想も信じやしない。独白を普遍的な思想にまで作り上げる能力が私にないとしても、私が自分の独白を信じてはならない理由にはならぬ。凡《すべ》ての大思想は、その深い根拠を個人の心の中に持つという事が信じられなければ、それは文学者たる事を信じない事である。その点では、私の心は既に決っている。

（「感想」19‐三八）

悲劇とは単なる失敗でもなければ、過誤でもないのだ。それは人間の生きてゆく苦しみだ。悲劇は、私達があたかも進んで悲劇を欲するかの如く現れるからこそ悲劇なのである。

（「感想」19‐四二）

人間は他人を説得しようなどと思わぬ人間にしか決して本当には説得されないものである。

（「マチス展を見る」19‐四六）

人間に何かが足りないから悲劇は起るのではない、何かが在り過ぎるから悲劇が起るのだ。否定や逃避を好むものは悲劇人たり得ない。何も彼も進んで引受ける生活が悲劇的なのである。

己れを実現する為の、最も現実的な保証なり根拠なりを、原子爆弾の数の上に置いている、さようなものを思想と呼ぶのは滑稽《こっけい》である。

（「悲劇について」19-五一）

政治家には、私の意見も私の思想もない。そんなものは、政治という行為には、邪魔になるばかりで、何んの役にも立たない。政治の対象は、いつも集団であり、集団向きの思想が操れなければ、政治家の資格はない。

（「政治と文学」19-八九）

空虚な精神が饒舌《じょうぜつ》であり、勇気を欠くものが喧嘩《けんか》を好むが如く、自足する喜びを蔵しない思想は、相手の弱点や欠点に乗じて生きようとする。

（「政治と文学」19-九〇）

（「政治と文学」19-九一）

若い人々から、何を読んだらいいかと訊《たず》ねられると、僕はいつもトルストイを読み給えと答える。すると必ずその他には何を読んだらいいかと言われる。他に何にも読む必要はない、だまされたと思って「戦争と平和」を読み給えと僕は答える。だが嘗《かつ》て僕の忠告を実行してくれた人がない。実に悲しむべきことである。あんまり本が多過ぎる、だからこそトルストイを、トルストイだけを読み給え。文学に於て、これだけは心得て置くべし、というようなことはない、文学入門書というようなものを信じてはいけない。途方もなく偉い一人の人間の体験の全体性、恒常性というものに先ず触れて充分に驚くことだけが大事である。

（「トルストイを読み給え」19－一一一）

セザンヌの眼に、自然はどんな具合に、どんなに頑強に抵抗したかを「サント・ヴィクトアール山」は明らかに私に語りかけて来る。傍に幾つかの未完成の習作めいた水彩画が並んでいるが、其処《そこ》に現れている驚くほどの正確さと速力とで動いているセザンヌの同じ手が、山にさしかかるとまるで登山家の様に喘《あえ》いでいる。これは、まるで眺めている人にはわからぬ、登山家だけが知る山の様である。彼の筆致は、まるで遅疑と忍耐とだけが、信ずるに足る手法だと言っている様だ。

（「セザンヌの自画像」19－一六二）

思想の混乱ということがいわれているが、もっと恐ろしいことは、視覚や聴覚の混乱である。美しさがわかる感覚の衰えたことである。思想の混乱もただ思想によって秩序づけようとする、安定させようとする。それは思想の上に思想を築く事で、いよいよ思想は混乱するだけだ。根本にある視覚や聴覚の混乱に気付かなければ駄目な事です。

（「雑談」19－一七六）

どちらを選ぶか、その理由が考えられぬからこそ、人は選ぶのである。そこまで人は追い詰められねばならぬ。

（「『白痴』についてⅡ」19－一八五）

複雑な人間達は恐ろしくない。相対主義や懐疑主義に覆《おお》われて、彼等の生活には、生の無気味さを、直接指示するものが現れないからである。彼等も、人生は謎だと言うが、それは、各人各様のあり余る諸解決の間をさまようという意味であり、人生という一つの謎がそのまま深まるという様な事は、起り得ない。彼等は絶えず問うが、答えられる様に工夫した問いを次々に発明しているだけであるから、最後の問いに衝突するという様な事は起らない。ドストエフスキイは、何ものも信じない恐ろしい否定的人物を幾人も描いたが、どれも所謂《いわゆる》懐疑派などではないという事は注意すべきである。彼等は皆、懐疑しているというより、寧《むし》ろ絶望している。複雑な懐疑的教養が、単純な野人的生とどうしても折合えぬ不思議な苦しみに圧倒されている。彼等は、眠ろうとするから眠られぬ様に、信じようとするから信じられぬ。従って過《あやま》つまいと思うから信じない人々の到達する懐疑主義を知らない。其処に生ずる絶望の力が、彼等を、彼等自身にも不可解な反逆に、兇行に追いやる、其処で、彼等の生きる謎は裸になる、そういう風に描かれている。

（「『白痴』についてII」19 - 一九九）

ドストエフスキイは、彼自身の語法を借りれば、たとえ、私の苦しい意識が真理の埒《らち》外《がい》にある荒唐不稽《こうとうふけい》なものであろうとも、私は自分の苦痛と一緒にいたい、真理と一緒にいたくはない、と考えたに相違ない。真理とは、人中に持ち出しても恥をかかぬ話題以上の何物であるか、と叫びたかったに相違ない。

（「『白痴』についてⅡ」19－二〇七）

理想や真理で自己防衛を行うのは、もう厭《いや》だ、自分は、裸で不安で生きて行く。そんな男の生きる理由とは、単に、気絶する事が出来ずにいるという事だろう。よろしい、充分な理由だ。他人にはどんなに奇妙な言草《いいぐさ》と聞えようと自分は敢《あ》えて言う、自分は絶望の力を信じている、と。若《も》し何かが生起するとすれば、何か新しい意味が生ずるとすれば、ただ其処からだ。

（「『白痴』についてⅡ」19－二〇八）

私は女人の埴輪《はにわ》を一つ持っていた。初めの間、この像から私の得た教訓は、豊かな表情は、饒舌な口の様に、決して多くを語るものではないという事であった。円筒に穴を開けたに過ぎぬ女の眼が見る度毎《たびごと》に、それが、どんなに多種多様な事柄を語るかを楽しんでいた。併《しか》し、今はもうそういう事にはあまり興味がない。こんがりと人形が焼けて、あの眼や口から煙が立ち登る時の職人の悦《よろこ》びを思って楽しむ。

（「埴輪」20－一〇）

熟れ切った麦は、金か硫黄《いおう》の線条の様に地面いっぱいに突き刺さり、それが傷口の様に稲妻形に裂けて、青磁色の草の緑に縁どられた小道の泥が、イングリッシュ・レッドというのか知らん、牛肉色に剝《む》き出ている。空は紺青《こんじょう》だが、嵐を孕《はら》んで、落ちたら最後助からぬ強風に高鳴る海原の様だ。全管絃楽が鳴るかと思えば、突然、休止符が来て、烏の群れが音もなく舞っており、旧約聖書の登場人物めいた影が、今、麦の穂の向うに消えた――僕が一枚の絵を鑑賞していたという事は、余り確かではない。寧ろ、僕は、或る一つの巨《おお》きな眼に見据えられ、動けずにいた様に思われる。

（「ゴッホの手紙」20－一二）

感動は心に止まって消えようとせず、而《しか》もその実在を信ずる為には、書くという一種の労働がどうしても必要の様に思われてならない。書けない感動などというものは、皆嘘である。ただ逆上したに過ぎない、そんな風に思い込んで了《しま》って、どうにもならない。

（「ゴッホの手紙」20－一二）

ある五月の朝、僕は友人の家で、独りでレコードをかけ、D調クインテット（K.593）を聞いていた。夜来の豪雨は上っていたが、空には黒い雲が走り、灰色の海は一面に三角波を作って泡立っていた。新緑に覆われた半島は、昨夜の雨滴を満載し、大きく呼吸している様に見え、海の方から間断なくやって来る白い雲の断片に肌を撫《な》でられ、海に向って徐々に動く様に見えた。僕は、その時、モオツァルトの音楽の精巧明晳《めいせき》な形式で一杯になった精神で、この殆《ほとん》ど無定形な自然を見詰めていたに相違ない。突然、感動が来た。もはや音楽はレコードからやって来るのではなかった。海の方から、山の方からやって来た。

（「ゴッホの手紙」20－一三）

いつも自分自身であるとは、自分自身を日に新たにしようとする間断のない倫理的意志の結果であり、告白とは、そういう内的作業の殆ど動機そのものの表現であって、自己存在と自己認識との間の巧妙な或《あるい》は拙劣な取引の写し絵ではないのだ……

（「ゴッホの手紙」20－一七）

一体自分を語るのと他人を語るのと、どちらが難かしい事であろうか。いずれにしても、人間は、決して追い付けないもう一人の人間を追う様に見える。

（「ゴッホの手紙」20－二九）

先ず何を置いても、全く謙遜《けんそん》に、無私に驚嘆する事。そういう身の処し方が、ゴッホの様な絶えず成長を止《や》めぬ強い個性には、結局己れを失わぬ最上の道だったのである。

（「ゴッホの手紙」20－六五）

11

見ることは
喋ることではない
言葉は眼の邪魔になるものです

【小林秀雄の歳月11】昭和二十九〜昭和三十三（一九五四〜一九五八）年　五十二〜五十六歳

昭和二十七年十二月二十五日、『ゴッホの手紙』を刊行した半年後、親友の今日出海と二人でヨーロッパ旅行に出発した。羽田からパリ―エジプト―ギリシア―イタリア―パリ―スイス―スペイン―パリ―オランダ―イギリスと廻り、アメリカを経て二十八年七月四日に帰国する。翌二十九年三月、「近代絵画」の雑誌連載を開始し、三十三年四月、単行本を刊行した。「先年、外国旅行をした時、絵を一番熱心に見て廻った」と「近代絵画」の著者の言葉に書いている。「近代の一流の画家達の演じた人間劇は、まことに意味深長であって、私の興味の集中したのもその点であり、私の感想文が、読者の興味をそういうところに向ける機縁ともなれば幸いだと思っている」。「近代絵画」の一年前には、小・中学生を対象に「美を求める心」を書いた。小林秀雄のペンが指す方向へ、小・中学生も大人も誘われた。外国旅行から帰った年、今日出海とゴルフを始めた。五十一歳だった。

精神の自由は眼に見えない。黙々として個人のなかで働いているし、またそれは個人にしか働きかけない。精神の自由を集団的に理解する事は出来ない。そういう事実が、実は、文化の塩となっているのであるが、文化問題について大風呂敷を拡げたがる人々には、精神の自由などは空言に聞えるのである。

（「自由」21－二〇）

一体、一般教養などという空漠たるものを目指して、どうして教養というものが得られましょうか。教養とは、生活秩序に関する精錬された生きた智慧《ちえ》を言うのでしょう。これは、生活体験に基いて得られるもので、書物もこの場合多少は参考になる、という次第のものだと思う。教養とは、身について、その人の口のきき方だとか挙動だとかに、自《おのずか》ら現れる言い難い性質が、その特徴であって、教養のあるところを見せようという様な筋のものではあるまい。

（「読書週間」21－一二三）

読書百遍という言葉は、科学上の書物に関して言われたのではない。正確に表現する事が全く不可能な、又それ故に価値ある人間的な真実が、工夫を凝《こら》した言葉で書かれている書物に関する言葉です。そういう場合、一遍の読書とは殆《ほとん》ど意味をなさぬ事でしょう。そういう種類の書物がある。そういう種類のものだから、読者の忍耐ある協力を希《ねが》っているのです。文学上の著作は、勿論《もちろん》、作者は、どうして作品の批判やら解説やらを希う筈《はず》があろうか。作品とは自分の生命の刻印ならば、生命の刻印を愛してくれる人を期待しているだけだと思います。愛読者を求めているだけだ。忍耐力のない愛などというものを私は考える事が出来ませぬ。

（「読書週間」21－一二四）

私は、本屋の番頭をしている関係上、学者というものの生態をよく感じておりますから、学者と聞けば教養ある人と思う様な感傷的な見解は持っておりませぬ。ノーベル賞をとる事が、何が人間としての価値と関係がありましょうか。私は、決して馬鹿ではないのに人生に迷って途方にくれている人の方が好きですし、教養ある人とも思われます。

（「読書週間」21－二七）

百五十年も前に、ナポレオン法典は、各人の思想発表の自由を規定したのである。めいめいが好き勝手な事を主張する自由を認めた上で、皆が協力して秩序ある社会を作ろうとは、また何んという困難極まる理想を人間は抱いたものか。

（「常識」21－六七）

私は教育者ではない。種々の点で教育者としての資格を欠いていることを、はっきり知っている者だが、怠け教師としての十年の経験で、青年の向上心を、こちらが真っ直ぐに目指し近附く時に、青年は一番正直に自分を現す、という事は教わったように思う。青年は観察されることをきらう。観察されていると知るや、すぐ仮面をかぶる。その点で、青年ほど気難かしく、誇り高いものはない。青年は困難なものと戦うのが最も好きだ。
ある日、学校で講義をしていた。大変困難な問題で、私は、これをどう解明しようかと悪戦苦闘していた。他を顧《かえりみ》る余裕はなかった。しばらくすると、あやふやな手附きで、手を挙げる学生に気附いた。質問ならもっとはっきり手を挙げたらどうだと言うと、「先生、教室が違います」と彼は言った。これには驚いた。粗忽《そこつ》をわびて降壇したが、だれも私の失敗を笑うものはなかった。笑ったが好意の笑いであった。今でも、その時の学生諸君の態度を忘れずにいる。

（「教育」21 - 一一二）

彼〔ラスコオリニコフ〕は、自分は充分に孤独であると思っている。併《しか》し、彼は、実際には、人々と共にいなければ孤独ではない。人間はみなそうだ。誰も孤独を守ることなぞ出来ない。人中に孤独をさらし、方々に風穴を開けられるだけである。

（「ハムレットとラスコオリニコフ」21 - 一一二）

今日の絵の先生は、名画の模写を画学生にすすめ難《に》くいだろうが、デッサンという基本を廃棄出来まい。作文教育でも、正確な写生文というものを基本とすべきである。写生の対象は、外部にあるはっきりした物に置くがよく、無定形な自分の心などというものを書かせるべきではない。そんな事が上手になると、生徒は思い附きのなかに踏み迷う事が楽しくなり、遂に自分の個性を信じなくなるだろう。

（「民主主義教育」21－一二七）

彼〔モオツァルト〕の音楽は、およそ音楽鑑賞上の試金石の如きものである。現代の音楽好きは、音楽にはいろいろな聞き方があるという考えに捕われ過ぎているように思われる。音を言葉で飜訳することにあまり忙しいのである。音楽の暗示するさまざまな空想にとらわれず、鳴っている音を絶対的な正確さで、耳で捕えるという音楽鑑賞の基本がぐらついているのである。

（「モオツァルトの音楽」21－一三〇）

民主主義政治という大芝居には、政治家という役者と国民という見物人が要る。比喩的な言辞ではない。実際に、政治家は見物のこわいことを知っている名優でなければならず、見物は金を払って来た見巧者《みごうしゃ》でなければならない。政治的関心などというとぼけた言葉なぞ要りはしない。

（「吉田茂」21－一九五）

研究による学問化も、実践による社会化もはばまれた思想の渦が文学の世界に巻いていたのであって、この場合、思想の文学化という事は、作家達めいめいが、人間いかに生くべきかという問題を、驚くほどの率直さで、文学制作の中心動機としたという事を意味するのです。彼等は文学者という専門家でもなかったし、文学という自由職業に従事していたのでもない。小説を書いていたのではない。小説に生きていた。そういう言い方は、彼等にとって少しも比喩ではなかったのであって、彼等の生きる苦しみは、殆ど度外《どはず》れの誠実さをもって、あらゆる処で、文学という枠を乗り越えた。作家が、文学の蔭に身をかくすという様な事は、夢にも考えられぬ事でした。これが、ロシヤの十九世紀文学の、他に比類のない、一種血腥《ちなまぐ》さい壮観の由来するところだったのです。

（「ドストエフスキイ七十五年祭に於ける講演」21－二〇三）

ドストエフスキイは、自由の問題は、人間の精神にだけ属する問題であり、これに近附く道は内的な道しかない事を、はっきりと考えていた。自由は、人間の最大の憲章であるが、又、最大の重荷でもあり、これに関する意識の苦痛とは、精神という剣の両刃《もろは》の様なものだ、と考えていた。

（「ドストエフスキイ七十五年祭に於ける講演」21 - 二三三）

絵や音楽を、解るとか解らないとかいうのが、もう間違っているのです。絵は、眼で見て楽しむものだ。音楽は、耳で聴いて感動するものだ。頭で解るとか解らないとか言うべき筋のものではありますまい。先ず、何を措《お》いても、見ることです。聴くことです。

（「美を求める心」21 - 二四二）

見るとか聴くとかという事を、簡単に考えてはいけない。ぼんやりしていても耳には音が聞えて来るし、特に見ようとしなくても、眼の前にあるものは眼に見える。耳の遠い人もあり、近眼の人もあるが、そういうのは病気で、健康な眼や耳を持ってさえいれば、見たり聞いたりすることは、誰にでも出来る易《やさ》しい事だ。頭で考える事は難かしいかも知れないし、考えるのには努力が要るが、見たり聴いたりすることに、何の努力が要ろうか。そんなふうに、考えがちなものですが、それは間違いです。見ることも聴くことも、考えることと同じように、難かしい、努力を要する仕事なのです。

(「美を求める心」21-二四四)

見ることは喋《しゃべ》ることではない。言葉は眼の邪魔になるものです。例えば、諸君が野原を歩いていて一輪の美しい花の咲いているのを見たとする。見ると、それは菫《すみれ》の花だとわかる。何だ、菫の花か、と思った瞬間に、諸君はもう花の形も色も見るのを止《や》めるでしょう。諸君は心の中でお喋りをしたのです。菫の花という言葉が、諸君の心のうちに這入《はい》って来れば、諸君は、もう眼を閉じるのです。それほど、黙って物を見るという事は難かしいことです。菫の花だと解るという事は、花の姿や色の美しい感じを言葉で置き換えて了《しま》うことです。言葉の邪魔の這入らぬ花の美しい感じを、そのまま、持ち続け、花を黙って見続けていれば、花は諸君に、嘗《かつ》て見た事もなかった様な美しさを、それこそ限りなく明かすでしょう。

(「美を求める心」21-二四六)

美しいものは、諸君を黙らせます。美には、人を沈黙させる力があるのです。これが美の持つ根本の力であり、根本の性質です。絵や音楽が本当に解るという事は、こういう沈黙の力に堪える経験をよく味《あじわ》う事に他なりません。ですから、絵や音楽について沢山の知識を持ち、様々な意見を吐ける人が、必ずしも絵や音楽が解った人とは限りません。解るという言葉にも、いろいろな意味がある。人間は、いろいろな解り方をするものだからです。絵や音楽が解ると言うのは、絵や音楽を感ずる事です。愛する事です。

（「美を求める心」21－二四七）

一輪の花の美しさをよくよく感ずるという事は難かしい事だ。仮にそれは易しい事だとしても、人間の美しさ、立派さを感ずる事は、易しい事ではありますまい。又、知識がどんなにあっても、優しい感情を持っていない人は、立派な人間だとは言われまい。そして、優しい感情を持つ人とは、物事をよく感ずる心を持っている人ではありませんか。神経質で、物事にすぐ感じても、いらいらしている人がある。そんな人は、優しい心を持っていない場合が多いものです。そんな人は、美しい物の姿を正しく感ずる心を持った人ではない。ただ、びくびくしているだけなのです。ですから、感ずるということも学ばなければならないものなのです。そして、立派な芸術というものは、正しく、豊かに感ずる事を、人々に何時《いつ》も教えているものなのです。

（「美を求める心」21-二五二）

神の眼には人間の魂は平等だ、という考えは思い附きでもなければ、ドグマでもない。恐らく人心の機微に関する正直な観察の極まるところに現れた発想だったであろう。人間の心ほど多様で複雑なものはない。誰が人の心の不思議を知り得ようか。自分の心さえ知らないのに。知っていると思っているのは、経験の足りない馬鹿者か、思い上った悧《り》巧者《こうもの》だけだ。そういう痛切な経験が、神や仏という言葉を発明したと考えるのに、何も難かしい事はない。経験の機会は、少しも減らないのだから。人間の心は、到底人間の手に合う様な実在ではないという体験が、神という影を生んだとするなら、この影を消してみたら、人間の手に合う人間の心しか残らなかったという事になる。心の全機能から、理性的機能だけが残された。この大割引された心は、仕方なく己れに象《かたど》って新しい平等思想という影を生んだ。不手際な生み方である。

あるとき、娘が、国語の試験問題を見せて、何んだかちっともわからない文章だという。読んでみると、なるほど悪文である。こんなもの、意味がどうもこうもあるもんか、わかりませんと書いておけばいいのだ、と答えたら、娘は笑い出した。だって、この問題は、お父さんの本からとったんだって先生がおっしゃった、といった。へえ、そうかい、とあきれたが、ちかごろ、家で、われながら小言幸兵衛《こごとこうべえ》じみてきたと思っている矢先き、おやじの面目まるつぶれである。教育問題はむつかしい。

（「感想」21－二六九）

国語と国民とは頭脳的につながってなぞいない。文章の魅力を合点するには、だれでも、いわば内部にある或る感覚のごときものに頼るほかはない。この感受力には、文体の在りかを感じとる緩慢だが着実な智慧《ちえ》が宿っている。緩慢な智慧だから、日ごとに変る意見や見解には応じられぬが、ゆっくりと途切れることなく変って行く文章の姿には、よく応和して歩くのである。国語という大河は、他の河床を選んで流れることはできな

（「国語という大河」21－二七九）

い。そういう感受力を育てるのが、国語教育の前提であろう。

（「国語という大河」21－二八二）

ソクラテスは、何時、如何《いか》なる場合でも率直であり、真剣であった、冗談を言う時にも、アイロニカルに語る時でも。寧《むし》ろそういう風に考えた方がいい。彼は、いつも素面《すめん》であり、彼自身しか現しはしなかった。この考えを徹底して押し進めたらどういうことになるか。いつも変らぬ自分を、いつも一貫している自分の姿を現そうとすれば、ソクラテスにとっては、必然的に、あらゆる場合の、あらゆる条件に応じて異った自分の姿を現さねばならぬことになる。それが生きている自己だ、でなければ自己とは死んだ知識である。そういうパラドックスに到達するであろう。

（「悪魔的なもの」21－二八七）

モネの印象は、烈《はげ》しく、粗《あ》ら粗《あ》らしく、何か性急な劇的なものさえ感じられる。それは自然の印象というより、自然から光を掠奪《りゃくだつ》して逃げる人の様だ。可憐《かれん》な睡蓮が、この狂気の男に別れを告げている。

（「近代絵画」22－二九）

セザンヌの色は実に美しい。ルノアールの色も透明で実に見事なものだが、セザンヌのあの文字通り眼を吸い附ける様な色の力はない様に思う。印象派を通って来たセザンヌは、画面に光源が明らかに辿《たど》れる様な絵も描いているが、それは既に印象派に見られる様な重要な意味を失っているので、完成期になると、光源など何処《どこ》にあっても少しも構わぬ様な絵となる。画面全体が、やわらかく光る。光は絵の内部からやって来る様だ。

（「近代絵画」22－五一）

私達は、皆、人間の顔には、非常に興味を持っている、生活上の必要から、興味を持たざるを得ないから、人の顔の表情に関しては特に鋭敏にもなっている。私達は、皆、凡庸《ぼんよう》なものであろうが、肖像画家の眼を持っている。

（「近代絵画」22－五七）

風景の魅力は、人間の魅力に準じて発明されたものだと言える。名勝だとか名山だとか名木だとかいうものの起源には、そういう応用問題の解決があった筈《はず》だ。それは、顔も表情もない自然のうちに、特定の場所や特別の物を選び、これに顔や表情を附与したという事だったであろう。そういう自然の独立した部分に、名を与え、人間の様に呼びかけた時、相手は人間の様に答えた。私達は、古い昔から、自然の美しさを、ただ見て来たのではない、その心を読んでも来たのだ。

（「近代絵画」22－五八）

忘我のうちになされた告白、私は、敢《あ》えてそんな言葉が使いたくなる。そういう告白だけが真実なものだと言いたくなる。何んと沢山な告白好きが、気楽に自分を発見し、自分を軽信し、自分自身と戯れる事しか出来ないでいるかを考えてみればよい。正直に自己を語るのが難かしいのではない。自己という正体をつきつめるのが、限りなく難かしいのである。

（「近代絵画」22－八五）

自分自身を守ろうとする人間から、人々は極く自然に顔をそむけるものである。他人を傾聴させる告白者は、寧ろ全く逆な事を行うであろう。人々の間に自己を放とうとするであろう。

（「近代絵画」22－八七）

理想家という言葉は、ゴッホに冠《かぶ》せるには弱すぎる。というよりも所謂《いわゆる》理想家は、自分の身丈《みたけ》に合わせた、恰好《かっこう》な理想を捕えるものだが、そういう理想ほど、ゴッホに遠いものはなかった。寧ろ、理想が彼を捕え、彼を食い尽したのである。理想に捕えられ、彼ののたれ死にまで連れて行かれたトルストイは、理想の恐ろしさをよく知っていた。彼の定義に従えば、理想とは達する事の出来ぬものだ、達せられるかも知れぬ様な理想は、理想と呼ぶ様な価値はないのである。ゴッホは、文字通りトルストイ的定義に従って、これを「自分が常に感じている恐ろしい必要」と呼んだ。

（「近代絵画」22－九三）

何故わからぬ絵の展覧会が満員になるのか。わからぬ絵に惹《ひ》かれたからではないか。これは言葉の戯れではない。敢えて言えば、ピカソの、引いては現代絵画の中心問題なのである。人々はピカソの提示する形象の不安と謎とに、われ知らず、誘われている。彼の絵に隠された心理的な問題性を直覚している。ピカソの作品が見る人々を、暗黙のうちに、直《じ》かに動かす、そういう力を疑うわけにはいかない。

（「近代絵画」22－二五一）

画家が対象を見て描くとは、対象に衝突する事である。平和も調和も去った。恐らくはそれは自然を吾《わ》がものとなし得たという錯覚に過ぎなかったであろう。ピカソは、可能な限りの身振りで、対象に激突し、彼は壊れて破片となる。それより他に彼には自分の意識を解放する道も、他人の意識を覚醒《かくせい》させる道もなかったのである。

（「近代絵画」22－二五七）

現代は心理学の時代だと言われます。それは、眼に見えぬ心の底の底まで、眼に見える現象と化さねば承知出来ない時代だという事にもなりましょう。人々は、自分自身の心の世界まで一種の外的世界に変じて了った様です。精神と心理との混同が行われると言ったらいいのでしょうか。それとも、心理学というよいよ詳しくなる精神の不在証《アリバ》明《ィ》を競って信用する傾向と言った方がいいのでしょうか。ともあれ、精神という言葉は、主観的なもの、空想的なものの意味に下落した。

（「ゴッホの病気」22－三〇四）

私の実感から言えば、ゴッホの絵は、絵というよりも精神と感じられます。私が彼の絵を見るのではなく、向うに眼があって、私が見られている様な感じを、私は持っております。

（「ゴッホの病気」22－三〇五）

現代人は、歴史的とか進歩とかという考えに慣れ切っている。平たく言えば、あの人は偉い人かも知れないが、もう古い、と考え、古いかも知れないが偉い人だとは考えたがらないのである。古典という言葉の意味は、後の方の考え方からしか生きて来ない。古典とは、もともと反歴史的な概念なのである。古典とは、私達が、回顧の情をもって近づく生きて考えた優れた人間の姿なのであって、分析によって限定する過去の一思想の歴史的構造ではない。従って、古典とは、理解されるものというより、むしろ直覚されるものだ。近代の科学的歴史観が、古典というものに関して、現代人の躓《つまず》きの石となっていることは争われぬ事実のように思われる。歴史というものの合理的な理解、歴史発展の客観的な展望、曖昧《あいまい》な人間的な原理の内在を許さぬ歴史の論理、そういう考え方の傾向のうちからは、古典という言葉は、どうしても姿を消さねばならない。そういう傾向の考え方には、何処か無理がある。何故なら、古い人だけれどもやはり偉い人だ、という考えは、私達の日常の素朴な経験からなくなるはずはなく、考えて行けば、そういう経験も侮蔑《ぶべつ》しなければならぬような考え方は、何処か間違ったところがあるに相違ないからである。

（『論語』22－三〇八）

善とは何かと考えるより、善を得ることが大事なのである。善を求める心は、各人にあり、自ら省みて、この心の傾向をかすかにでも感じたなら、それは心のうちに厳存することを率直に容認すべきであり、この傾向を積極的に育てるべきである。

（『論語』22－三一二）

12

考えるとは物と親身に交わる事だ

【小林秀雄の歳月12】昭和三十四～昭和三十八（一九五九～一九六三）年　五十七～六十一歳

昭和三十四年六月、『文藝春秋』に「常識」を発表、以後、同誌のエッセイは〈考えるヒント〉と通しタイトルを打ち、三十九年六月まで断続連載された。三十九年五月、それらの前半部に、『朝日新聞』のPR版に書いた「人形」「お月見」などを併せて単行本『考えるヒント』を刊行、たちまちベストセラーとなった。『文藝春秋』連載の前半は、「常識」「漫画」「良心」など、誰にも身近な話題から入って人生の奥深さをうかがうというエッセイが多かった。それが後半になると、「忠臣蔵」「学問」「天命を知るとは」など、江戸時代の人々の生き方に関するエッセイが多くなった。四十年六月、『新潮』で「本居宣長」を開始する。〈考えるヒント〉の後半部は、「本居宣長」へのウォーミング・アップであったともいえた。最後の大仕事「本居宣長」に向けて、小林秀雄の準備は周到だった。三十八年十一月、文化功労者として顕彰された。

リアリストというものをひと口で定義するなら、好きなものは文句なく好き、嫌いなものは文句なく嫌いだという信条のうえに知恵を築いている人だ。利害打算に追われ、現実的観察なぞに追われている人々が、実はどんなに不安定な夢想家であるかを見抜くのは、難かしいことではない。

（「スポーツ」23－一四）

選手たちは、定められた秩序や方法を、制約とは少しも感じていない。規律があることが楽しいのである。まず規約がなければ、自由な努力などすべてむなしいというむずかしい問題を、楽々と解いている。詐術《さじゅつ》も虚偽も粉飾も、這入《はい》りこむ余地はない。

（「スポーツ」23－二〇）

愛する事と知る事とが、全く同じ事であった様な学問を、私達現代人は、余程努力して想像してみなければ、納得しにくくなっている。一冊の書物を三十年間も好きで通せば、ただの好きではない。そういう好きでなければ持つ事の出来ぬ忍耐力や注意力、透徹した認識力が、「古事記伝」の文勢に、明らかに感じられる。これは、今日言う実証的方法とは質を異《こと》にしている。私達は、好き嫌いの心の働きの価値を、ひどく下落させて了《しま》った。

（「好き嫌い」23－二三四）

なるほど、常識がなければ、私達は一日も生きられない。だから、みんな常識は働かせているわけだ。併《しか》し、その常識の働きが利《き》く範囲なり世界なりが、現代ではどういう事になっているかを考えてみるがよい。常識の働きが貴いのは、刻々に新たに、微妙に動く対象に即してまるで行動するように考えているところにある。そういう形の考え方のとどく射程は、ほんの私達の私生活の私事を出ないように思われる。事が公になって、一とたび、社会を批判し、政治を論じ、文化を語るとなると、同じ人間の人相が一変し、忽《たちま》ち、計算機に酷似してくるのは、どうした事であろうか。

（「常識」23－四二）

人間の良心に、外部から近づく道はない。無理にも近づこうとすれば、良心は消えてしまう。これはいかにも不思議な事ではないか。人間の内部は、見透しの利かぬものだ。そんな事なら誰も言うが、人間がお互の眼に見透しのものなら、その途端に、人間は生きるのを止《や》めるだろう。何んという不思議か、とは考えてみないものだ。恐らくそれは、あまりに深い真理であるが為であろうか。ともあれ、良心の問題は、人間各自謎を秘めて生きねばならぬという絶対的な条件に、固く結ばれている事には間違いなさそうである。仏は覚者《かくしゃ》だったから、照魔鏡《しょうまきょう》などというろくでもないものは、閻魔《えんま》に持たしておけばよいと考えたのであろう。

（「良心」23－八一）

考えるとは、合理的に考える事だ。どうしてそんな馬鹿気た事が言いたいかというと、現代の合理主義的風潮に乗じて、物を考える人々の考え方を観察していると、どうやら、能率的に考える事が、合理的に考える事だと思い違いしているように思われるからだ。当人は考えている積りだが、実は考える手間を省いている。そんな光景が到る処に見える。物を考えるとは、物を摑《つか》んだら離さぬという事だ。画家が、モデルを摑んだら得心の行くまで離さぬというのと同じ事だ。だから、考えれば考えるほどわからなくなるというのも、物を合理的に究めようとする人には、極めて正常な事である。だが、これは、能率的に考えている人には異常な事だろう。

（「良心」23－八二）

あいつは変り者で誰も相手にしないというように、変り者という言葉が、消極的に使われる場合、この言葉は殆《ほとん》ど死んでいるが、例えば、女房が自分の亭主の事を、うちは変り者ですが、と人に語れば、言葉は忽ち息を吹き返す。聞く者も、変り者という言葉に、或る感情がこめられて生きている事を、直ぐ合点するだろう。そういう時に、変り者という言葉は、その真意を明かすように思われる。

（「歴史」23－八九）

変り者はエゴイストではない。社会の通念と変った言動を持つだけだ。世人がこれを許すのは、教養や観念によってではない、附き合いによってである。附き合ってみて、世人は知るのだ。自己に忠実に生きている人間を軽蔑する理由が何処《どこ》にあるか、と。

（「歴史」23－九七）

誰も短い一生を思わず、長い歴史の流れを思いはしない。言わば、因果的に結ばれた長い歴史の水平の流れに、どうにか生きねばならぬ短い人の一生は垂直に交わる。

（「歴史」23－九八）

並み外れた意識家でありながら、果敢な実行家でもある様な人、実行するとは意識を殺す事である事を、はっきり知った実行家、そういう人は、まことに稀《ま》れだし、一番魅力ある実行家と思える。考える事が不得手《ふえて》で、従ってきらいで、止むを得ず実行家になっている種類の人が一番多いのだが、また、そういう実行家が、如何《いか》にも実行家らしい実行家の風をしてみせるものだ。

（「無私の精神」23－一〇〇）

実行家として成功する人は、自己を押し通す人、強く自己を主張する人と見られ勝ちだが、実は、反対に、彼には一種の無私がある。空想は孤独でも出来るが、実行は社会的なものである。有能な実行家は、いつも自己主張より物の動きの方を尊重しているものだ。現実の新しい動きが看破されれば、直ちに古い解釈や知識を捨てる用意のある人だ。物の動きに順じて自己を日に新たにするとは一種の無私である。

（「無私の精神」23－一〇二）

自然の情は不安定な危険な無秩序なものだ。これをととのえるのが歌である。だが、言葉というもの自体に既にその働きがあるではないか。悲しみに対し、これをととのえようと、肉体が涙を求めるように、悲しみに対して、精神はその意識を、その言葉を求める。心乱れては歌はよめぬ。歌は妄念をしずめるものだ。だが、考えてみよ、諸君は心によって心をしずめる事が出来るか、と宣長《のりなが》は問う。言葉という形の手がかりを求めずしては、これはかなわぬ事である。悲しみ泣く声は、言葉とは言えず、歌とは言えまい。寧《むし》ろ一種の動作であるが、悲しみが切実になれば、この動作には、おのずから抑揚がつき、拍子がつくであろう。これが歌の調べの発生である、と宣長は考えている。

（「言葉」23 - 一〇八）

姿は似せがたく、意は似せ易《やす》し。言葉は、先ず似せ易い意があって、生れたのではない。誰が悲しみを先ず理解してから泣くだろう。先ず動作としての言葉が現れたのである。動作は各人に固有なものであり、似せ難い絶対的な姿を持っている。生活するとは、人々がこの似せ難い動作を、知らず識らずのうちに、限りなく繰返す事だ。似せ難い動作を、自ら似せ、人とも互に似せ合おうとする努力を、知らず識らずのうちに幾度となく繰返す事だ。その結果、そこから似せ易い意が派生するに至った。

（「言葉」23 - 一一〇）

歌は読んで意を知るものではない。歌は味《あじわ》うものである。似せ難い姿に吾《わ》れも似ようと、心のうちで努める事だ。ある情からある言葉が生れた、その働きに心のうちで従ってみようと努める事だ。これが宣長が好んで使った味うという言葉の意味だ。

（「言葉」23 - 一一二）

生活経験の質、その濃淡、深浅、純不純を、私達は、お互に感じ取っているものだ。それが敢《あ》えて言えば、その真偽、正不正まで、暗黙のうちに評価し合っているものだ。それが生活するものの知慧《ちえ》だ。常識は、其処《そこ》に根を下している。だからこそ、常識は、社会生活の塩なのだ。

（「或る教師の手記」23－一四〇）

元来、私は酒の上で癖が悪く（尤《もっと》も近頃は、癖を悪くするほどの元気がなくなった）、それは、友達が皆知っているところだが、本当は、独酌が一番好きなのである。この習慣は、学生時代からで、独酌に好都合な飲み屋は、戦前までは、東京の何処にでもあったのだ。料理も出ないし、女もいないが、酒だけは滅法いい。そういうところには、期せずして独酌組が集まるものらしく、めいめい徳利をかかえて空想したり、考え事をしたりしていた。ああいう安くて極めて高級な飲み屋が広い東京の事だ、まだ一軒くらいありはしないか、と時々思う。

（「東京」23－二〇六）

現在の行動にばかりかまけていては、生きるという意味が逃げて了《しま》う。一ったん死んだ積りになるのもよい事なのだ。実にいろいろな人間が、実にいろいろな生れ方をし、死に方をしたその動かせぬ有様を尊重し、静かに眺めてみるのはよい事だ、歴史が鑑《かがみ》であるとは、そういう本質的な意味を含んでいるように思われる。ただ生活上の単なるお手本の意味ではあるまい。そうでなければ、鑑が鏡に通ずる意味もわからなくなる。

(『プルターク英雄伝』23－二一三)

政治の規模が驚くほど大きくなったのは、時の勢いだとしても、これに伴う、政治の対象の非人間化や物質化も止《や》むを得ないとは言えまい。政治的リアリズムは事実を尊重する。それはよい。しかし、政治がかき集める莫大な事実の群れが、ほんとうに人間的事実であるかどうかを反省してみる方が問題ではないのか。これほど事実を尊重する人々が寄り合い、これほど抽象的なドグマの相争う世界は、今日、政治世界を措《お》いて他にない。横行しているのは、邪悪な贋《にせ》リアリズムなのである。

(『プルターク英雄伝』23－二一九)

窮境に立った、極めて難解な人の心事を、私達の常識は、そっとして置こうと言うだろう。そっとして置くとは、素通りする事でも、無視する事でもない。そんな事は出来ない。出来たら人生が人生ではなくなるだろう。経験者の常識が、そっとして置こうと言う時、それは、時と場合とによっては、今度は自分の番となり、世間からそっとして置かれる身になり兼ねない、そういうはっきりした意識を指す。常識は、一般に、人の心事について遠慮勝ちなものだ。人の心の深みは、あんまり覗《のぞ》き込まない事にしている。この常識が、期せずして体得している一種の礼儀と見えるものは、実際に、一種の礼儀に過ぎないもの、世渡り上、教えこまれた単なる手段であろうか。

一種の礼儀だとしても、この礼儀が人間社会に下した根はいかにも深いものと思われる。今日は、心理学が非常に発達し、その自負するところに従えば、人心の無意識の暗い世界もつぎつぎに明るみに致される様子であるが、だが、そういう探究が、人心に関する私達の根本的な生活態度を変える筈《はず》はない。変えるような力は、心理学の仮説に、あろうとも思えない。私達は、人の心はわからぬもの、と永遠に繰返すであろう。何故か。

未経験者は措くとして、人の心はわからぬものという経験者の感慨は、努力次第で、いずれわかる時も来るというような、楽天的な、曖昧《あいまい》な意を含んではいない。これには、はっきりした別の含意があって、それがこの言葉に、何か知らぬ目方を感じさせているのである。それは、人の心が、お互に自他共に全く見透しのような、そんな化物染《ばけものじ》みた世間に、誰が住めるか、と言っているのだ。常識は、生活経験によって、確実に知っている、人の心は、その最も肝腎《かんじん》なところで暗いのだ、と。これを、そっとして置くのは、怠惰でも、礼儀でもない。人の意識の構造には、何か窮極的な暗さがあり、それは、生きた社会を成立させている、なくてかなわぬ条件を成している、と。私は、わかり切った事実を言っている。あまりわかり切った事実で、これを承知している事が、生きるという事になっている。従って、この事実への反省は稀れにしか行われない、と言っているのだ。

（「忠臣蔵Ⅰ」23－二二七）

彼〔中江藤樹《とうじゅ》〕が、しきりに言う心法とか心学とかいうものは、到来する新事態に応じて行くのが学問の道ではない、己れ一人生きて在るなりというところに立ち還って工夫するという事であった。立ち還ってみると、自《おのず》から古い内観が、新しい力を得たという事だったろう。

（「学問」24－一七）

現代知識人達は、言葉というものを正当に侮蔑《ぶべつ》していると思い上っているが、彼等を思い上らせているものは、何んの事はない、科学的という、えたいの知れぬ言葉の力に過ぎない。これは、知識人達の精神環境を、一瞥《いちべつ》しただけで分る事だろう。日常の言葉から全く離脱した厳密な意味での科学は黙し、科学的な科学という半科学のお喋《しゃべ》りだけに取巻かれているからだ。心理学とか社会学とか歴史学とかいう、人間について一番大切な事を説明しなければならぬ学問が、扱う対象の本質的な曖昧につき、表現の数式化の本質的な困難につき、何んの嘆きも現していない。それどころか、逆に、まさにその事が、学者達を元気付けているとは奇怪な事だ。彼等は、我が意に反し、止むを得ず、仕事の上で日常言語を引摺《ひきず》っているとは決して考えない。そんな考えが浮ぶのには、彼等が手足を延ばし、任意に、専門語、術語が発明出来る世界は、ちと居心地がよすぎる。一と口に科学と言っても、彼等の科学は、単に、様々な分析的思想と呼んだ方がよい、という常識的見解を、彼等は理由なく嫌う。いや、理由はある。亡霊が、学者の尻《しり》を叩《たた》いて、絶えず命令する、人間の非人間化に、物質化に、合理化に、抽象化に遺漏《いろう》はないか。すると学者は、命令を、直ちに次の言葉に飜訳して、自分に言い聞かせ、他人にも押しつける、人間的現実を直視せよ、と。これが、現代の知性という美名の下に行われている言わば大規模な詐欺であり、現代の一般教養の骨組をなす。

（「弁名」24－四六）

彼〔本居宣長《もとおりのりなが》〕の説によれば、「かんがふ」は、「かむかふ」の音便《おんびん》で、もともと、むかえるという言葉なのである。「かれとこれとを、比校《アヒムカ》へて思ひめぐらす意」と解する。それなら、私が物を考える基本的な形では、「私」と「物」とが「あひむかふ」という意になろう。「むかふ」の「む」は「身」であり、「かふ」は「交ふ」であると解していいなら、考えるとは、物に対する単に知的な働きではなく、物と親身に交わる事だ。物を外から知るのではなく、物を身に感じて生きる、そういう経験をいう。

（「考えるという事」24－五七）

私は、壺《つぼ》というものが好きである。人間が泥を捏《こ》ねて、火で焼く工夫を始めた時、壺を作ってみて初めて安心したに違いないと言った感じを与えられるからである。皿でも茶碗でも徳利でも、皆、実は壺に作られて安心したかったと言っている風がある。どうも、焼き物の姿というものは、中身は何んでもよい、酒でも種子でも骨でもよい、ともかく物を大切に入れて蓄《たくわ》えるという用を買って出たところに、一番、物に動じない姿を現すようである。

（「壺」24－九四）

誰も、乱世を進んで求めはしない。誰も、身に降りかかる乱世に、乱心を以て処する事は出来ない。人間は、どう在ろうとも、どんな処にでも、どんな形ででも、平常心を、秩序を、文化を捜さなければ生きて行けぬ。

（「鐔《つば》」24－九八）

私達は、長寿とか延寿とかいう言葉を、長命長生と全く同じ意味に使って来た。目出《めで》度《た》くない長生きなど意味を成さない、と考えて来た。では、何故目出度いか、これは誰にも一と口で言えぬ事柄だったが、何時《いつ》の間にか、天寿という言葉が発明され、これを使ってみると、生命の経験という一種異様な経験には、まことにぴったりとする言葉と皆思った、そういう事だったのだろう。命とは、これを完了するものだ。年齢とは、これに進んで応和しようとしなければ、納得のいかぬ実在である、こういう思想の何処《どこ》が古臭いのかと私は思う。

（「還暦」24－一一九）

眼高手低という言葉がある。それは、頭で理解し、口で批評するのは容易だが、実際に物を作るのは困難だと言った程の意味だ、とは誰も承知しているが、技に携わる人々は、技に携わらなければ、決してこの言葉の真意は解らぬ、と言うだろう。実際に、仕事をすれば、必ずそうなる、眼高手低という事になる。眼高手低とは、人間的な技とか芸とか呼ばれている経験そのものを指すからである。

（「還暦」24－一二二）

成功は、遂行された計画ではない。何かが熟して実を結ぶ事だ。其処《そこ》には、どうしても円熟という言葉で現さねばならぬものがある。何かが熟して生れて来なければ、人間は何も生む事は出来ない。

（「還暦」24－一二一）

忍耐とは、癇癪持《かんしゃくもち》向きの一徳目ではない。私達が、抱いて生きて行かねばならぬ一番基本的なものは、時間というものだと言っても差支《さしつか》えはないなら、忍耐とは、この時間というものの扱い方だと言っていい。時間に関する慎重な経験の仕方であろう。忍耐とは、省みて時の絶対的な歩みに敬意を持つ事だ。円熟とは、これに寄せる信頼である。

（「還暦」24－一二二）

確かに過ぎて了《しま》って、今はない私の青春は、私の年齢のうちに、現に私の思い出として刻まれて存する。これは、年齢というものの客観的な秩序であって、私の力で、どうなるものでもない。従って、私は、幾つかの青春的希望が失われたが、その代り幾つかの青春的幻想も失われた事を思う。言いかえれば、私は、今の年齢が要求するところに応じた生活態度を取っているのである。この私の思想の退《の》っぴきならぬ根源地を見ている限り、私には、気まぐれも空想もない。

私達の未来を目指して行動している尋常な生活には、進んで死の意味を問うというような事は先ず起らないのが普通だが、言わば、死の方から不思議な問いを掛けられているという、一種名付け難い内的経験は、誰も持っている事を、常識は否定しまい。この経験内容の具体性とは、この世に生きるのも暫《しばら》くの間だ、或《あるい》は暫くの間だが確実に生きている、という想いのニュアンスそのものに他なるまいが、これは死の恐怖が有る無いというような簡明な言い方をはみ出すものだろうし、どんな心理学的規定も越えるものだろう。日常生活の基本的な意識経験が、既に哲学的意味に溢《あふ》れているわけで、言わば哲学的経験とは、私達にとって全く尋常なものだ、という事になる。ただ、このような考え方が、偏《ひとえ》に実証を重んずる今日の知的雰囲気の中では、取り上げにくいというに過ぎない。

（「還暦」24‐一二二）

人の一生というような含蓄ある言葉は古ぼけて了ったのである。しかし、この言葉は、実によく出来ているのであり、私達は、どう考えても、その新しい代用品を発明する事は出来ないのである。

（「還暦」24‐一二六）

私は、文筆で生計を立て始めてから、顧みると、もう三十五年ほどになる。たしかに文筆業者には違いないが、さて何を専門にやって来たかと考えると、どうもうまく答えられない。普通、私は、文芸評論家と言われているが、文芸評論家とはっきり自覚した事は、いっぺんもないし、文芸評論から遠ざかってからも既に久しい。音楽の事ばかり考えていた時期もあったし、ただ絵画についてばかり書いていた時期もあった。一定の対象も決めず、一定の方法もなく、ただ好んで物を考えて来た、そんな気質の男が、たまたま約束の少い、自由な散文という表現形式を選んだ、というより他はないようである。

そういう次第であるから、私は文学者と呼ばれていても、自分の書いて来たものの文学的価値というようなものについて、確信を抱いた事はない。今もそうである。私が自分の裡《うち》に育てて来たものは、考えるという事は実に切りのないものだ、という一種の得心めいたものだけである。もう暫くの間は、何や彼《か》やと考え続ける事が出来るだろう。そんな事を思っているだけだ。

（「季」24－一五三）

瞑想《めいそう》という言葉があるが、もう古びてしまって、殆《ほとん》ど誰も使わないようになった。言うまでもなく瞑とは目を閉じる事で、今日のように事実と行動とが、ひどく尊重されるようになれば、目をつぶって、考え込むというような事は、軽視されるのみならず、間違った事と考えられるのが当然であろう。しかし、考え詰めるという必要が無くなったわけではあるまいし、考え詰めれば、考えは必然的に瞑想と呼んでいい形を取らざるを得ない傾向がある事にも変りはあるまい。事実や行動にかまけていては、独創も発見もないであろう。そういう不思議な人間的条件は変更を許さぬもののように思われる。

（「季」24－一五二）

〔伊藤〕仁斎《じんさい》の「思ツテ得ル」の思うとは疑うという意味である。彼の学問の方法を言うなら、「積疑」というのがその根本の方法であった。学問では、疑いを積み、問いを重ねるのが大事であって、理解や明答に別して奇特があるものではない、という考えであったから、彼には何んでもわかったとする賢者というものが一番油断のならぬ人種となった。

（「哲学」24－一六九）

死は向うから私をにらんで歩いて来るのではない。私のうちに怠りなく準備されているものだ。私が進んでこの準備に協力しなければ、私の足は大地から離れるより他はあるまい。死は、私の生に反した他人ではない。やはり私の生の智慧《ちえ》であろう。

（「青年と老年」24－一七八）

私は、自分の失われた若さを、時として痛切に想う事はあるが、若い時代に生きた環境は、うまく思い出せない。あのころは、今に比べたら余程のんきな時代だったろうと言われても、そうかなと思うだけで少しも実感が伴わない。どうやらはっきり言える事は、私としては、充分に不安時代であったという事だけだ。どいつもこいつも、のん気に構えているなら、おれは不安になってやる、きっとそんな気だったのだろうと思う。不安がなければ不安を発明してやる、これが青年の特権である。その成果がどんなものであったかは、私としてはあいまいな問題だが、私が、この青年の特権を出来る限り行使した事は、先ず確かな事らしい。

（「青年と老年」24－一七九）

13

プライヴァシーなんぞ
侵されたって
人間の個性は侵されはしない

【小林秀雄の歳月13】昭和三十九〜昭和五十一（一九六四〜一九七六）年　六十二〜七十四歳

小林秀雄は、対談・座談の名手でもあった。なかでも最も世に知られ、いまなお読まれ続けている大対談は、世界的数学者・岡潔との「人間の建設」だ。昭和四十年八月十六日、京都で初めて会った数学者と文学者であるのに、たちまち意気投合してその日の昼過ぎから深夜までも語りあい、単行本となるやベストセラーとなった。その一方で、講演は、嫌いだ苦手だと断るほうが多かったが、世話になった人や義理ある先、意気に感じた先から頼まれれば受け、結果として「私の人生観」「信ずることと知ること」などの名講演を残した。特に「信ずることと…」には熱をこめた。毎年夏、九州に、全国六十余りの大学から学生たちが三、四百人も集って行われていた合宿教室へ、三十六年から五十三年までの間に計五回出向いて語りかけた、そのうちのひとつである。他の演題は「現代の思想」などで、いずれも〈新潮CD〉で聴くことができる。四十二年十一月、文化勲章を受章した。

自分の仕事の具体例を顧《かえり》みると、批評文としてよく書かれているものは、皆他人への讃辞であって、他人への悪口で文を成したものはない事に、はっきりと気附く。そこから率直に発言してみると、批評とは人をほめる特殊の技術だ、と言えそうだ。人をけなすのは批評家の持つ一技術ですらなく、批評精神に全く反する精神的態度である、と言えそうだ。

（「批評」25－一〇）

ある対象を批判するとは、それを正しく評価する事であり、正しく評価するとは、その在るがままの性質を、積極的に肯定する事であり、そのためには、対象の他のものとは違う特質を明瞭化しなければならず、また、そのためには、分析あるいは限定という手段は必至のものだ。カントの批判は、そういう働きをしている。彼の開いたのは、近代的クリチックの大道であり、これをあと戻りする理由は、どこにもない。

（「批評」25－一一）

自画像を描く画家は、自画像によって、ここに自分の持って生れた他人とは異る顔があるという事実を知って貰《もら》いたいのでは、無論ないだろう。この事実に、画家自身がどう処したか、この取るに足らぬ事実を、どう始末したか、その画家の精神が語られているところに、自画像の魅力があるのでしょう。普通の意味で言う個性が、よく見極められ、吾《わ》がものとされ、征服され、乗り越えられる、そういう画家の精神力が、画家の創造力なのであり、そこに真の個性と呼んでいいものがあると思います。

（「『近代芸術の先駆者』序」25－二一）

誰でも、自分には自分の気質というものがある事を否《いな》みますまい。これについて、誰でも、はッと合点する事がある。青年には合点する暇はないかもしれないが、成熟した人間は、皆、それをやっている筈《はず》だ。何処《どこ》で合点するか。それは、自分の思い出のうちより他にはありますまい。普通、文化と呼ばれている巨人の歩みにも、同じ事が起っています。過去の重荷を負って生きるという状態は、人間に極めて普通な自然な状態だからです。これを否定して生きようとは、肉体を破壊して生きようとするほど無謀な事だ。

（「ソヴェトの旅」25－三二）

例えば碁打ちの上手が、何時間も、生き生きと考える事が出来るのは、一つ或《ある》いは若干の着手を先ず発見しているからだ。発見しているから、これを実地について確かめる読みというものが可能なのだ。人々は普通、これを逆に考え勝ちだ。読みという分析から、着手という発見に到ると考えるが、そんな不自然な心の動き方はありはしない。ありそうな気がするだけです。それが、下手の考え休むに似たり、という言葉の真意である。

（「常識について」25－九三）

生活の智慧《ちえ》は、空想を好まず、真偽の判断を、事実に基いて行うという点では、学問上の智慧と同じものだが、常に行動の要求にも応じているから、刻々に変る現実の条件に従い、遅疑を許さぬ、確実な判断を、絶えず更新していなければならない。実生活は、私達に、そういう言わば行動するように考え、考えるように行動する智慧を要求して止《や》まない。学問上の知識に、この生活のうちに訓練されている智慧に直接に働きかけ、これを指導するような力があるとは、先ず考えられない事だが、逆に、学問上の発見や発明には、この智慧の力が働かねばならぬ事は、充分に考えられる事だと思われます。

(「常識について」25－一一五)

焼き物は、見るものではない、使うものだ。これは解り切った話だが、私の経験では、解り切った話を合点するのには、手間がかかった。いい盃《さかずき》だと思って買って来る。呑んでいるうちに、いやになる。今度は、大丈夫だろうと思って買って来る。成る程、呑んでいても欠点は現れて来ない。だが、何となく親しめない。そのうちに、誰かにやって了《しま》う。そんな事を、長い間、くり返してきた。

(「信楽大壺」25－一三〇)

「壺中天《こちゅうのてん》」という言葉がある。焼き物にかけては世界一の支那人は、壺の中には壺公《ここう》という仙人が棲《す》んでいると信じていた。焼き物好きには、まことに真実な伝説だ。私の部屋にある古信楽《こしがらき》の大壺《おおつぼ》に、私は何も貴重なものを貯えているわけではないが、私が、美しいと思って眺めている時には、私の心は壺中にあるようである。

（「信楽大壺」25－一三三）

ベルグソンは若いころにこういうことを言ってます。問題を出すということが一番大事なことだ。うまく出す。問題をうまく出せば即ちそれが答えだと。この考え方はたいへんおもしろいと思いましたね。いま文化の問題でも、何の問題でもいいが、物を考えている人がうまく問題を出そうとしませんね。答えばかり出そうとあせっている。

（「人間の建設〈対談〉」25－一八七）

例えば、物忘れがひどくなったのが呆《ぼ》けた事なら、呆けた事など大した事ではあるまい。詰らない事を、あんまり覚え過ぎたから、いっそさっぱりしているようなものだ。呆けたという特色は、そんなものではない。棺桶《かんおけ》に確実に片足をつっ込んだという実感です。人は死ぬものぐらいは、誰も承知している。私も若い頃、生死について考え、いっそ死んで了おうかと思いつめた事があるが、今ではもう死は、そういう風に、問題として現れるのではない。言わば、手応《てごた》えのある姿をしています。先だっても、片附けものをしていたら、昔、友達と一緒に写した写真が出て来た。六人のうち、四人はもういないのだな、と私は独り言を言います。その姿が見えるからです。棺桶に片足をつっ込むというような言葉は、決して机上からは生れなかった。経験が生んだものだ。これは面白い言葉だなどと青年が言ったら滑稽《こっけい》でしょうが、この言葉が味わえぬような老年は不具な老年と言っていいでしょう。

(「生と死」26 - 一四〇)

吾が身の移り変りは、四季の移り変りとは様子の違うところがある。まるで秩序《ついで》の異なるものだと言ってもいい。私達各自が、兼好の言うように、先ず目標を定め、「必ず果し遂げんと思はん事」に努力しないならば、この世が、しっかりした意味や価値を帯びるという事はないのである。そのように人の世の秩序を、つらつら思うなら、死によって完結する他はない生の営みの不思議を納得するでしょう。死を目標とした生しか、私達には与えられていない。その事が納得出来た者には、よく生きる事は、よく死ぬ事だろう。言葉の上の戯れではない。私達の心とか命とか呼ばれているものの在るがままの姿を、知性で捕えようとすれば、そんな風な言い方をするより他はないだけの話でしょう。

（「生と死」26-一四三）

本は、若い頃から好きで、夢中になって読んだ本もずい分多いが、今日となっては、本ももう私を夢中にさせるわけにはいかなくなった。新しい本を読み漁《あさ》るという事もなくなり、以前読んだものを、漫然と読み返すという事が多くなった。しかしそういう事になって、却《かえ》って読書の楽しみというものが、はっきり自覚出来るようになったと思っている。

往年の烈《はげ》しい知識欲や好奇心を想い描いてみると、それは、自分と書物との間に介在した余計なもののように感じられる。それが取除かれて、書物との直《じ》かな、尋常で、自由な附合の道が開けたような気がしている。書物という伴侶《はんりょ》、これが、以前はよく解らなかった。私は、依然として、書物を自分流にしか読まないが、その自分流に読むという事が、相手の意外な返答を期待して、書物に話しかける、という気味《きみ》合《あい》のものになったのである。

（「読書の楽しみ」26-一六〇）

昔は、神様に限らず、名前というものを大変大事に扱った。名は体を現わすという考え方だ。これは当り前な健全な考え方だ。それが、近頃名前をつけるなどという事は、真面目に考えられていない。而《しか》もこれが不健全な事とは誰も考えていない。町名などさっさと変えて、一向省みない。町名は歴史の体を現すという考えはもうない。文明が進歩すれば、国民総背番号という事になるのも当り前の事というわけなのだ。これに反対する者も、背番号などつけられるのは、プライヴァシーの侵害だというような事を言う。いや、そんなしみったれた反対の仕方しか出来ないのだ。自分は人格であるとは、少しも考えない。プライヴァシーなんぞ侵されたって、人間の個性は侵されはしない、こんな簡単な事が、しっかりとわかっていない。尤《もっと》も現代文化の最大の弱点は、簡単明瞭な事実の深さがわからないところにある、と言ってもいいかも知れないのである。

（「新年雑談」26－一六四）

まあ、どんなに人の名前というものを見くびったって、やがて、それは先ず人間そのものを見くびらなければ、出来ない事だと合点するようになる。愛する人を、背番号で呼ぶ事は出来ない。何故か。これは誰にも明答出来ない言語の不思議だ。名前などうでもよい、二人は個性で、人格で交際しているので、名前で附合っているのではない、と言っても無駄だろう。交際が親密になれば、その中で名前は生き生きとして来る。名前を呼んだだけで、その人が眼前に髣髴《ほうふつ》として来る。何故か。答えられるなら答えてみるがいいのである。

(「新年雑談」26-一六六)

諸君の意識は、諸君がこの世の中にうまく行動するための意識なのであって、精神というものは、いつでも僕等の意識を越えているのです。その事を、はっきりと考えるなら、霊魂不滅の信仰も、とうの昔に滅んだ迷信と片附けるわけにもいかなくなるだろう。もしも、脳髄と人間の精神が並行していないなら、僕の脳髄が解体したって、僕の精神はそのままでいるかも知れない。人間が死ねば魂もなくなると考える、そのたった一つの根拠は、肉体が滅びるという事実にしかない。それなら、これは充分な根拠にはならない筈でしょう。

(「信ずることと知ること」26-一八三)

証拠が無ければ信じないという今日の流行思想によって、お化けは、だんだん追い払われるようになったが、何処から来るとも決してわからぬ恐怖に襲われる事は、人間らしい傷つき易い心を持って生活をつづける限り、無くなりはしないのです。それをお化けは死なないという言葉で言って悪い筈はあるまい。お化けの話となると、にやりと笑うのだが、実はその笑いにしても、何処からやって来るのか、笑う当人には判っていないではないか。という事は、追っぱらっても、追っぱらっても、逃げて行くだけのお化けは、追っぱらった当人自身の心の奥底に逃げ込んで、その不安と化するのである。人間の魂の構造上、そういう事になる。そこで、追っぱらわれたお返しに、彼をにやりと笑わせる。笑っても、人生で何一つ実質のあるものが得られない、全くうつろな笑いを笑わせるのです。

（「信ずることと知ること」26－二〇〇）

14

宣長が求めたものは如何に生くべきかという「道」であった

【小林秀雄の歳月14】昭和五十二〜昭和五十七（一九七七〜一九八二）年　七十五〜八十歳

昭和五十一年十二月、「本居宣長」の連載を終え、年が明けるや第一回から徹底加筆、五十二年十月に単行本を刊行した。学問とは、人生いかに生きるべきかを考える道だ、己れを捨てて学問をすれば、おのずと己れの生き方が出てくる……「宣長全集」から引いたたくさんの言葉が、とりもなおさず小林秀雄の生き方そのものの表明とも読めた。雑誌連載十一年余、全面推敲さらに一年、「ドストエフスキイの生活」から「モオツァルト」「ゴッホの手紙」へと築いてきた肖像画の筆法、形だけで語りかけてくる美術品を、ひたすら眺め続ける訓練によって得た、文章も読むだけでは足りない、眺めることが大事だという独自の読書術、「無常という事」の道筋で磨いた日本の感性、それらのすべてが「本居宣長」に集って大交響楽を奏でた。本の定価は四千円、平成十九年でいえば八、九千円にも相当する本だった。それが発売二ヵ月で五万部を、さらに半年で十万部を刷った。

この誠実な思想家は、言わば、自分の身丈《みたけ》に、しっくり合った思想しか、決して語らなかった。その思想は、知的に構成されてはいるが、又、生活感情に染められた文体でしか表現出来ぬものでもあった。この困難は、彼〔本居宣長《もとおりのりなが》〕によく意識されていた。

（「本居宣長」27－三九）

やって来る現実の事態は、決してこれを拒まないというのが、私の心掛けだ、彼はそう言っているだけなのである。そういう心掛けで暮しているうちに、だんだんに、極めて自然に、学問をする事を、男子の本懐に育て上げて来た。宣長は、そういう人だった。

（「本居宣長」27－四七）

彼等は、古典を研究する新しい方法を思い附いたのではない。心法を練るとは、古典に対する信を新たにしようとする苦心であった。〔伊藤〕仁斎《じんさい》は「語孟《ごもう》」を、契沖《けいちゅう》は「万葉」を、〔荻生〕徂徠《そらい》は「六経《りくけい》」を、〔賀茂〕真淵《まぶち》は「万葉」を、宣長は「古事記」をという風に、学問界の豪傑達は、みな己れに従って古典への信を新たにする道を行った。彼等に、仕事の上での恣意《しい》を許さなかったものは、彼等の信であった。無私を得んとする努力であった。

（「本居宣長」27－一〇三）

彼等にとって、古書吟味の目的は、古書を出来るだけ上手に模倣《もこう》しようとする実践的動機の実現にあった。従って、当然、模倣される手本と模倣する自己との対立、その間の緊張した関係そのものが、そのまま彼等の学問の姿だ。古書は、飽くまでも現在の生き方の手本だったのであり、現在の自己の問題を不問に附する事が出来る認識や観察の対象では、決してなかった。つまり、古書の吟味とは、古書と自己との、何物も介在しない直接な関係の吟味に他ならず、この出来るだけ直接な取引の保持と明瞭化との努力が、彼等の「道」と呼ぶものであった……

（「本居宣長」27 - 一二二）

宣長が求めたものは、如何《いか》に生くべきかという「道」であった。彼は「聖学」を求めて、出来る限りの「雑学」をして来たのである。彼は、どんな「道」も拒まなかったが、他人の説く「道」を自分の「道」とする事は出来なかった。従って、彼の「雑学」を貫道するものは、「之《コレ》ヲ好ミ信ジ楽シム」という、自己の生き生きとした包容力と理解力としかなかった事になる。

（「本居宣長」27 - 一二五）

よろずの事にふれて、おのずから心が感《ウゴ》くという、習い覚えた知識や分別には歯が立たぬ、基本的な人間経験があるという事が、先ず宣長には固く信じられている。心というものの有りようは、人々が「わが心」と気楽に考えている心より深いのであり、それが、事にふれて感《ウゴ》く、事に直接に、親密に感《ウゴ》く、その充実した、生きた情《ココロ》の働きに、不具も欠陥もある筈《はず》がない。それはそのまま分裂を知らず、観点を設けぬ、全的な認識力である筈だ。問題は、ただこの無私で自足した基本的な経験を、損《そこな》わず保持して行く事が難かしいというところにある。難かしいが、出来る事だ。これを高次な経験に豊かに育成する道はある。それが、宣長が考えていた、「物のあはれを知る」という「道」なのである。彼が、〔紫〕式部という妙手に見たのは、「物のあはれ」という王朝情趣の描写家ではなく、「物のあはれを知る道」を語った思想家であった。

（「本居宣長」27 - 一五二）

誰も、各自の心身を吹き荒れる実情の嵐の静まるのを待つ。叫びが歌声になり、震えが舞踏になるのを待つのである。例えば悲しみを堪え難いと思うのも、裏を返せば、これに堪えたい、その「カタチ」を見定めたいと願っている事だとも言えよう。捕えどころのない悲しみの嵐が、おのずから文《アヤ》ある声の「カタチ」となって捕えられる。

（「本居宣長」27 - 二六四）

私達は、話をするのが、特にむだ話をするのが好きなのである。言語という便利な道具を、有効に生活する為に、どう使うかは後の事で、先ず何を措《お》いても、生まの現実が意味を帯びた言葉に変じて、語られたり、聞かれたりする、それほど明瞭な人間性の印しはなかろうし、その有用無用を問うよりも、先ずそれだけで、私達にとっては充分な、又根本的な人生経験であろう。

（「本居宣長」27－二七六）

誰にとっても、生きるとは、物事を正確に知る事ではないだろう。そんな格別な事を行うより先きに、物事が生きられるという極く普通な事が行われているだろう。そして極く普通の意味で、見たり、感じたりしている、私達の直接経験の世界に現れて来る物は、皆私達の喜怒哀楽の情に染められていて、其処《そこ》には、無色の物が這入《はい》って来る余地などないであろう。それは、悲しいとか楽しいとか、まるで人間の表情をしているような物にしか出会えぬ世界だ、と言っても過言ではあるまい。それが、生きた経験、凡《およ》そ経験というものの一番基本的で、尋常な姿だと言ってよかろう。

（「本居宣長」27－二七七）

わが国の歴史は、国語の内部から文字が生れて来るのを、待ってはくれず、帰化人に託して、外部から漢字をもたらした。歴史は、言ってみれば、日本語を漢字で書くという、出来ない相談を持込んだわけだが、そういう反省は事後の事で、先ずそういう事件の新しさが、人々を圧倒したであろう。もたらされたものが、漢字である事をはっきり知るよりも、先ず、初めて見る文字というものに驚いたであろう。書く為の道具を渡されたものは、道具のくわしい吟味は後まわしにして、何はともあれ、自家用としてこれを使ってみたであろう。事に黙って巻き込まれてみなければ、事の真相に近づく道は、開かれていなかったに相違ない。

漢語に固有な道具としての漢字の、驚くべき働きが、日本人に次第に明らかになって来るにつれて、国語に固有な国字がない事、持込まれたのは出来ない相談であった事が、いよいよ切実に感じられて来たと考えてよい。と同時に、相談に一たん乗った以上、どうあっても先きに進むより他はない事も、しかと観念したであろう。ここに、わが国上代の敏感な知識人なら、誰もが出会っていた一種特別な言語問題があった。理窟の上で割り切る事は出来ないが、生きて何とか納得しなければならない、誰もがそういう明言し難い悩みに堪えていたであろう。

（「本居宣長」27-三一七）

知識人は、自国の口頭言語の伝統から、意識して一応離れてはみたのだが、伝統の方で、彼を離さなかったというわけである。日本語を書くのに、漢字を使ってみるという一種の実験が行われた、と簡単にも言えない。何故なら、文字と言えば、漢字の他に考えられなかった日本人にとっては、恐らくこれは、漢字によってわが身が実験されるという事でもあったからだ。従って、実験を重ね、漢字の扱いに熟練するというその事が、漢字は日本語を書く為に作られた文字ではない、という意識を磨《と》ぐ事でもあった。口誦《こうしょう》のうちに生きていた古語が、漢字で捕えられて、漢文の格《サマ》に書かれると、変質して死んで了《しま》うという、苦しい意識が目覚める。どうしたらよいか。

この日本語に関する、日本人の最初の反省が「古事記」を書かせた。日本の歴史は、外国文明の模倣によって始まったのではない、模倣の意味を問い、その答えを見附けたところに始まった、「古事記」はそれを証している、言ってみれば、宣長は、そう見ていた。

（「本居宣長」27－三三五）

正常な意味合で、言語生活というものは、何ヶ国語に通じていようが、語学の才などとはまるで違った営みである。自国の言語伝統という厖大《ぼうだい》な、而《しか》も曖昧《あいまい》極まる力を、そつくりそのまま身に引受けながら、これを重荷と感ずるどころか、これに殆《ほとん》ど気附いていない、それほど国語という共有の財が深く信頼されている、そういう事である。

（「本居宣長」28－一四）

上代の人々は、言葉には、人を動かす不思議な霊が宿っている事を信じていたが、今日になっても、言葉の力を、どんな物的な力からも導き出す事が出来ずにいる以上、これを過去の迷信として笑い去る事は出来ない。「言霊《ことだま》」という古語は、生活の中に織り込まれた言葉だったが、「言霊信仰」という現代語は、机上のものだ。古代の人々が、言葉に固有な働きをそのまま認めて、これを言霊と呼んだのは、尋常な生活の智慧《ちえ》だったので、特に信仰と呼ぶようなものではなかった。言ってみれば、それは、物を動かすのに道具が有効であるのを知っていたように、人の心を動かすのには、驚くほどの効果を現す言葉という道具の力を知っていたという事であった。彼等は、生活人として、使用する道具のそれぞれの性質には精通していたに相違なく、道具を上手に使うとは、又道具に上手に使われる事だ、とよく承知していたであろう。

（「本居宣長」28－四五）

堪え難い心の動揺に、どうして堪えるか。逃げず、ごまかさず、これに堪え抜く、恐らくたった一つの道は、これを直視し、その性質を見極め、これをわが所有と変ずる、そういう道だ。力技でも難業でもない、それが誰の心にも、おのずから開けている「言辞の道」だ、と宣長は考えたのである。悲しみを、悲しみとして受取る、素直な心さえ持っている人なら、全世界が自分一人の悲しみと化するような、深い感情の経験は、誰にもあるだろう。詞《ことば》は、「あはれにたへぬところより、ほころび出」る、と言う時に考えられているのは、心の動揺に、これ以上堪えられぬという意識の取る、動揺の自発的な処置であり、この手続きは、詞を手段として行われる、という事である。

（「本居宣長」28－五八）

人の有るが儘《まま》の心は、まことに脆弱《ぜいじゃく》なものであるという、疑いようのない事実の、しっかりした容認のないところに、正しい生活も正しい学問も成り立たぬという、彼〔宣長〕の固い信念、そこに大事がある。「うごくこゝろぞ　人のまごころ」と歌われているところは、動かなければ、心は心である事を止《や》める、動かぬ心は「死物」であるという、きっぱりとした意味合なので、世に聖人と言われている人が、いかに巧みに「不動心」を説いてみせても、当人の「自慢ノ作リ事」を出られないのは、死物を以て、生物を解こうとする、或《あるい》は解けるとする無理から来る。自分の学問では、死物は扱わない。扱うものは、人の生きた心だけである。従って、学問の中心部では、生きた心が生きた心に直《じ》かに触れて、これを知るという事しか起らない。

（「本居宣長」28－七〇）

上古の人々は、神に直かに触れているという確かな感じを、誰でも心に抱いていたであろう。恐らく、この各人各様の感じは、非常に強い、圧倒的なものだったに相違なく、誰の心も、それぞれ已れの直観に捕えられ、これから逃れ去る事など思いも寄らなかったとすれば、その直観の内容を、ひたすら内部から明らめようとする努力で、誰の心も一ぱいだったであろう。この努力こそ、神の名を得ようとする行為そのものに他ならなかった。そして、この行為が立会ったもの、又、立会う事によって身に付けたものは、神の名とは、取りも直さず、神という物の内部に入り込み、神の意《ココロ》を引出して見せ、神を見る肉眼とは、同時に神を知る心眼である事を保証する、生きた言葉の働きの不思議であった。

（「本居宣長」28－八六）

繰返して言おう。本当に、死が到来すれば、万事は休する。従って、われわれに持てるのは、死の予感だけだと言えよう。しかし、これは、どうあっても到来するのである。己れの死を見る者はいないが、日常、他人の死を、己れの眼で確めていない人はないのであり、死の予感は、其処に、しっかりと根を下しているからである。

（「本居宣長」28－一九八）

死は、私達の世界に、その痕跡《こんせき》しか残さない。残すや否《いな》や、別の世界に去るのだが、その痕跡たる独特な性質には、誰の眼にも、見紛《みまが》いようのないものがある。生きた肉体が屍体《したい》となる、この決定的な外物の変化は、これを眺める者の心に、この人は死んだのだという言葉を、呼び覚まさずにはいない。死という事件は、何時《いつ》の間にか、この言葉が聞える場所で、言葉とともに起っているものだ。この内部の感覚は、望むだけ強くなる。愛する者を亡くした人は、死んだのは、己れ自身だとはっきり言えるほど、直かな鋭い感じに襲われるだろう。この場合、この人を領している死の観念は、明らかに、他人の死を確める事によって完成したと言えよう。そして、彼は、どう知りようもない物、宣長の言う、「可畏《カシコ》き物」に、面と向って立つ事になる。

(「本居宣長」28－一九九)

死者は去るのではない。還って来ないのだ。と言うのは、死者は、生者に烈《はげ》しい悲しみを遺さなければ、この世を去る事が出来ない、という意味だ。それは、死という言葉と一緒に生れて来たと言ってもよいほど、この上なく尋常な死の意味である。

(「本居宣長」28－二〇六)

「あはれ」とは、歎《なげ》きの言葉である。何かに感動すれば、誰でも、ああ、はれ、と歎声を発する。この言葉が、どんなに精錬されて、歌語の形を取ろうとも、その発生に遡《さかのぼ》って得られる、歎きの声という、その普遍的な意味は失われる訳がない。これが、宣長の「もののあはれ」の思想の、基本の考えだ。

(「感想」28－二四五)

親しくしている友達につき、この人はこういう人と納得出来る人物像を、心の中に極めて自然に育てていないような人は、先ずなかろう。それは、言うに言われぬほど微妙なものであり乍《なが》ら、誰も、はっきりと完成された像と観じ、これを信じて疑わない。それは、意識して辿《たど》れるような経験ではなかろう。むしろ、それが正直に心を開いて人と交わるという、その事だと端的に言って了《しま》った方がよかろう。私達は、誰でもお互に、自分には思いも及ばぬ己れの姿の全容を、相手に見て取られているものだ。この謎めいた人間関係は、私達の日常の附合いを、広く領しているが、又、あまり尋常なものだから、却《かえ》って深く隠されてもいる。

（「自分の仕事」28－二四九）

答えを予想しない問いはなかろう。あれば出鱈目《でたらめ》な問いである。従って、先生の問いに正しく答えるとは、先生が予《あらかじ》め隠して置いた答えを見附け出す事を出ない。〔中江〕藤《とう》樹《じゅ》に言わせれば、そういう事ばかりやっていて、「活潑《くわつぱつ》融通の心」を失って了ったのが、「今時はやる俗学」なのであった。取戻さなければならないのは、問いの発明であって、正しい答えなどではない。今日の学問に必要なのは師友ではない、師友を頼まず、独り「自反」し、新たな問いを心中に蓄《たくわ》える人である。

（「本居宣長補記Ⅰ」28 - 二六七）

誰も万人向きのやり方で世を渡ってはいない、と言う事は、どんなによく出来ていても、万人向きのやり方では間に合わぬ、困難な暗い問題に、この世に暮していて出会わぬような人は、先ずいないという事だ。そして、皆、何とかして、難題を切り抜けているではないか。他人は当てには出来ない、自分だけが頼りだと知った時、人は本当に努力をし始める。どうあっても切り抜けねばならぬ苦境にあって、己れの持って生れた気質の能力が、実地に試される時、人間は、はじめて己れを知る道を開くであろう。

（「本居宣長補記Ⅰ」28 - 二七六）

部屋には、ルオーの版画しか掛けていない。時々、取り替えては眺めている。ここ数年間、そうしている。今は、「ミセレーレ」の中の日の出の画が掛かっている。日の出と言うより、この画家は、太陽が毎朝、地球という惑星を照らすところをモデルにしていると言った方がいい。地球は地層を剝《む》き出し、荒寥《こうりょう》たる姿だが、よく見ると、鳥が一羽、敢《あえ》て明烏《あけがらす》とも呼びたいような優しい姿で舞っている。人間達はもう沢山生れていて、地表の何処《どこ》かに隠れているように見えて来る。

（「ルオーの版画」28 - 三〇一）

宣長が、彼の「道の学問」の中心部に、「人の道はいかなるものぞ」という哲学的問いを据えたのは、「道の学問」だからではない。この本質的に非合理的と言ってもいい問いを、心の中心部に抱いていないような人間は、正常で健全な人間なら、あり得ないと信じたが為だ。これを拒絶するとは、人間を拒絶する事だ。学問の対象として、人間の代りに合理的人間を選ぶ事だ。

（「本居宣長補記Ⅱ」28 - 三六一）

誰も、己れの心を、自分の感じ方でしか感じはしないし、己れの語り方でしか語れはしない。それが、己れの心を、素直に受取り、これを、言霊《ことだま》の流れに浮べるという事に他ならず、この各人の個性の深部で行われる行為は、絶対に、その人の所有《もの》であり、互に交換が利《き》くようなものでは、決してないのだから、言葉の扱い方に於いては、各人は、他人《ひと》には通じようのない、又、自分自身にも、はっきりと説明しようのないものを信じている事になるわけで、言わば、与えられた心中の「口訣《クケツ》」を頼むのである。

（「本居宣長補記Ⅱ」28-三七三）

露骨な思想上の一致や生ま生ましい感情上の共鳴を、二人は本能的に嫌い、これを努めて避けて来たようである。そんなものを頼りにしているようで、長い間の付き合いが持続したわけがないのを、互に感じ取っていたようだ。表には顕《あら》われぬ、もっと深いところで、互に人生観上の通路を持っている事を、信じ合って来たように思われる。

（「河上君の全集」28-四〇一）

河上〔徹太郎〕君は癌《がん》で死んだ。病状がいよいよいけなくなり、では、二人でお別れの酒盛をしようという事となって、病院のお医者さんの許可を得て、楽しく呑み、雑談した。その時、これが見収めの彼のいかにも穏やかな表情を忘れまいと思ったのである。葬式になって、彼の死に顔を見なければならぬ事になったが、私にはどうしても気が進まなかった。棺《ひつぎ》の傍に立って、私が近付くのを待っていた夫人には、失敬な事と思いつつ、私は足を動かさなかった。書くにも足らぬ事のようだが、私としては、それが河上君との親しみのうちを跋歩して来た事を、更《あらた》めて確める事だったのである。

（「河上君の全集」28－四〇二）

歴史とは何かという難題は、永い間、私を苦しめて来た。今も変りはない。何故かと言われるなら、人生無常という言葉は、歴史家にとっては死んだ言葉かも知れないが、歴史の中に生き、歴史に養われている私達の尋常な歴史感情の裡《うち》には生きている。これを否定する事は出来ないからだと言って置けば、私としては充分だ。歴史家であるないに係らず、人生の有為転変《ういてんぺん》という歴史性は、万人への与件である。その解り易《やす》い整理に飽き足らぬ者は、歴史の蔵する、名状し難いが、言わば本質的な暗さと考えざるを得ないものを、進んで容認する道を行こうと、心を決める他はない。この道を行き、尋常だが、漠とした歴史感情を養って、これを確固たる充実したものに仕上げようと努めれば足りるのである。

（「『流離譚』を読む」28－四一四）

人生の鍛錬——小林秀雄の言葉◇出典年譜

本書の掲出文は新潮社版『小林秀雄全作品』に拠っている。各章と『全作品』との対応は以下の通りである。

1　第1集「様々なる意匠」
2　第2集「ランボオ詩集」
　　第3集「おふえりや遺文」
　　第4集「Xへの手紙」
3　第5集「『罪と罰』について」
　　第6集「私小説論」
4　第7集「作家の顔」
　　第8集「精神と情熱とに関する八十一章」
5　第9集「文芸批評の行方」
　　第10集「中原中也」
6　第11集「ドストエフスキイの生活」
　　第12集「我が毒」
7　第13集「歴史と文学」
　　第14集「無常という事」
8　第15集「モオツァルト」
　　第16集「人間の進歩について」
9　第17集「私の人生観」
　　第18集「表現について」
10　第19集「真贋」
　　第20集「ゴッホの手紙」
11　第21集「美を求める心」
　　第22集「近代絵画」
12　第23集「考えるヒント 上」
　　第24集「考えるヒント 下」
13　第25集「人間の建設」
　　第26集「信ずることと知ること」
14　第27集「本居宣長 上」
　　第28集「本居宣長 下」

出典年譜

以下は、本文掲出文の出典を発表年月順に配列した「出典年譜」である。「齢」は小林秀雄の満年齢、「全」は第五次『小林秀雄全集』の収録巻、「作」は『小林秀雄全作品』(第六次『小林秀雄全集』)の収録巻を示している。「出来事」は当該年の小林秀雄の主要事跡と、日本および世界の出来事である。後者は冒頭を一字分下げて記し、*を打った。数字はいずれも月、もしくは月と日を表している。

なお、日本と世界の出来事は参考記事であり、小林秀雄の作品、事跡と直接かかわるものではない。

元号	年	西暦	月	齢	全	作	出典名	出来事
明治	35	1902						4・11 東京市神田区猿楽町（現在の千代田区猿楽町）に生れる。
明治	42	1909		7				4 白金尋常小学校に入学。
大正	4	1915		13				4 東京府立第一中学校に入学。
大正	10	1921		19				3・20 父豊造死去、46歳。 4 第一高等学校文科丙類に入学。
大正	11	1922		20				11 小説「蛸の自殺」を発表する。
大正	12	1923		21				*9 関東大震災。
大正	13	1924		22				7 小説「一ツの脳髄」を発表する。
大正	14	1925		23				4 東京帝国大学文学部仏蘭西文学科に入学する。
大正	15	1926	10	24	1	①	ランボオⅠ	*12 大正天皇崩御。
昭和	2	1927	8	25	1	①	測鉛Ⅱ	
昭和	3	1928		26	1	①		3 東京帝国大学を卒業。
昭和	4	1929	9	27	1	①	様々なる意匠	9「様々なる意匠」が『改造』の懸賞評論二席に入選、文壇に出る。
昭和			12		1	①	志賀直哉	*10 世界恐慌始まる。
昭和	5	1930	2	28	1	①	からくり	
昭和			4		1	①	アシルと亀の子Ⅰ	
昭和			4		1	①	新興芸術派運動	
昭和			6		1	①	アシルと亀の子Ⅲ	*11 浜口雄幸首相、東京駅で狙撃され重傷。
昭和			7		1	①	アシルと亀の子Ⅳ	*全国の失業者約32万人。世界恐慌が日本に波及（昭和恐慌）。
昭和			8		1	①	アシルと亀の子Ⅴ	
昭和			10		1	②	ランボオⅡ	
昭和			11		1	②	批評家失格Ⅰ	

昭和	西暦	月	年齢	□	○	作品	事項
5	1930	12	28	1	②	物質への情熱	
6	1931	1				マルクスの悟達	
		2				文芸時評	
		2	29			批評家失格II	*1 田河水泡『のらくろ二等卒』連載開始。
		4			③	文芸批評の科学性に関する論争	*9 満州事変始まる。
		7				文芸月評I	
7	1932	2				批評に就いて	*3 満州国建国。
		6		2		現代文学の不安	
		6	30			逆説というものについて	4 明治大学に文芸科が新設され、講師に就任する。
		9				Xへの手紙	*5 五・一五事件、犬養毅首相射殺される。
		10			④	手帖I	*7 ナチス、独国会選挙で第一党になる。
8	1933	2				作家志願者への助言	*3 国際連盟脱退。
		5	31			故郷を失った文学	10「文學界」創刊。川端康成らとともに同人となる。
9	1934	1				文学界の混乱	
		2				「罪と罰」についてI	
		4			⑤	レオ・シェストフの「悲劇の哲学」	5 森喜代美と結婚。
		8	32	3		断想	*11 ベーブ・ルースら米大リーグ選抜チーム来日。
		9				「白痴」についてI	
		10				文章鑑賞の精神と方法	
10	1935	3				再び文芸時評に就いて	1「文學界」の編輯責任者となる。「ドストエフスキイの生活」の連載を開始する。
		5	33		⑥	私小説論	
		7				初夏	

昭和	西暦	月	年齢			作品	事項
10	1935	9	33	3	⑥	新人Xへ	
		11				ルナアルの日記	*9 第一回芥川賞・直木賞。
11	1936	1	34	4	⑦	作家の顔	1 正宗白鳥と〈思想と実生活論争〉を行う。 *2 二・二六事件。 *8 ベルリン五輪。前畑秀子が水泳200メートル平泳ぎで金メダル。 この頃から創元社顧問となり、創元選書の企画に参与する。
		2				純粋小説について	
		4				中野重治君へ	
		5				現代小説の諸問題	
		6				文学者の思想と実生活	
		6				現代の学生層	
		6				若き文学者の教養	
		9				言語の問題	
		10				演劇について	
		12				文学の伝統性と近代性	
12	1937	1	35	5	⑨	ドストエフスキイの時代感覚	3・6 長女明子生れる。 *7 盧溝橋事件（日中戦争勃発）。 10 友人中原中也死去、30歳。 *12 日本軍、南京占領。
		1				菊池寛論	
		4				文科の学生諸君へ	
		6				「悪霊」について	
		8				文芸批評の行方	
		9				僕の大学時代	
		11				戦争について	
13	1938	1	36		⑩	女流作家	3 「文藝春秋」特派員として中国に渡る。 *4 国家総動員法公布。
		1				文芸雑誌の行方	
		2				志賀直哉論	

昭和	西暦	月	年齢	区分	作品	事項
13	1938	3	36	5 ⑩	雑記	6 明治大学教授に昇格。
		5			支那より還りて	この頃から陶磁器に熱中。以後、骨董熱が高じる。
		9			山本有三の「真実一路」を廻って	
14	1939	1	37	6 ⑪	満洲の印象	
		2			エーヴ・キューリー「キューリー夫人伝」	
		4			疑惑Ⅰ	
		4			読書について	*1 69連勝の横綱双葉山、安芸ノ海に敗れる。
		4			現代女性	*4 米穀配給統制法公布。
		5			ドストエフスキイの生活	*5 ノモンハン事件。
		5		⑫	「我が毒」について	*9 第二次世界大戦勃発。
		8			疑惑Ⅱ	*9 徳川夢声の『宮本武蔵』放送開始。
		10			鏡花の死其他	
		10			人生の謎	
		11			読書の工夫	
		12			イデオロギイの問題	
15	1940	1	38	7 ⑬	アラン「大戦の思い出」	
		1			文芸月評XIX	
		2			清君の貼紙絵	
		3			文章について	*6 ドイツ軍、パリに無血入城。
		6			処世家の理論	
		7			道徳について	
		7			環境	

昭和	西暦	月	年齢		作品	出来事
15	1940	8	38		オリムピア	
		8			事変の新しさ	*9 日本軍、北部仏印に武力進駐開始。
		9			「維新史」	*9 日独伊三国同盟締結。
		10			マキアヴェリについて	*10 大政翼賛会発足。
		11		⑬	自己について	*11 紀元二六〇〇年祝典。
		11			文学と自分	
16	1941	2			島木健作	
		3			歴史と文学	
		4			匹夫不可奪志	*7 日本軍、南部仏印へ進駐開始。
		6	39		伝統	*12 日本軍、真珠湾を攻撃(太平洋戦争勃発)。
		7		7	パスカルの「パンセ」について	
		8			文芸月評XXI	
		10			「カラマアゾフの兄弟」	
17	1942	4			当麻	
		5		⑭	「ガリア戦記」	
		6			無常という事	
		7	40		平家物語	*4 米軍機、東京を初空襲。
		7			歴史の魂	
		8			徒然草	
		11			西行	
18	1943	2			実朝	
		9	41		ゼークトの「一軍人の思想」について	

昭和							
18	1943	10	41	7	⑭	文学者の提携について	*12 第一回学徒出陣。
21	1946	2	44	8	⑮	コメディ・リテレール　小林秀雄を囲んで〈座談〉	5・27 母精子死去、66歳。
		12				モオツァルト	
22	1947	3	45			ランボオⅢ	*5 日本国憲法施行。
		10				光悦と宗達	
23	1948	9	46		⑯	骨董	4 創元社取締役に就任する。　7 京都で湯川秀樹と対談。
		11				「罪と罰」についてⅡ	12「ゴッホの手紙」の連載を開始する。
24	1949	3	47	9	⑰	鉄斎Ⅱ	
		5				文化について	*11 湯川秀樹にノーベル賞。
		8				中原中也の思い出	
		10				私の人生観	
25	1950	1	48			秋	
		1				酔漢	
		1				「きけわだつみのこえ」	
		2				蘇我馬子の墓	
		2				古典をめぐりて〈対談〉	*6 朝鮮戦争勃発。
		3			⑱	雪舟	
		4				信仰について	*7 金閣寺、放火で全焼。
		4				表現について	
		5				或る夜の感想	
		6				年齢	
		7				好色文学	

昭和

昭和	西暦	月	年齢	巻	巻	作品	事項
25	1950	9	48	9	⑱	金閣焼亡	
		11				偶像崇拝	
26	1951	1	49	10	⑲	真贋	
		1				感想	
		1				感想	
		4				マチス展を見る	*9 サンフランシスコ平和条約、日米安全保障条約調印。
		6				悲劇について	
		10				政治と文学	
		10				トルストイを読み給え	
27	1952	1	50			セザンヌの自画像	
		4				雑談	*7 ヘルシンキオリンピック。
		5				「白痴」についてII	12 友人今日出海とヨーロッパ旅行に出発する。
		6			⑳	埴輪	
		6				ゴッホの手紙	
29	1954	1	52	11	㉑	自由	3 「近代絵画」の連載を開始する。
		2				読書週間	
		4				常識	
		6				教育	
30	1955	8	53			ハムレットとラスコオリニコフ	
		8				民主主義教育	
		9				モオツァルトの音楽	
31	1956	5	54			吉田茂	

昭和	西暦	月	年齢			作品	出来事
31	1956	8	54			ドストエフスキイ七十五年祭に於ける講演	*12 国際連合に加盟。
32	1957	2	55			美を求める心	*10 ソ連、人工衛星スプートニク打ち上げ。
		11			㉑	感想	
33	1958	1		11		国語という大河	
		2				悪魔的なもの	5 ベルグソン論「感想」の連載を開始する。
		4	56			近代絵画	*10 長嶋茂雄、プロ野球セ・リーグ新人王。
		11			㉒	ゴッホの病気	*11 皇太子（現天皇）、正田美智子と婚約。
		11				「論語」	
34	1959	1				スポーツ	*1 キューバ革命。
		5	57			好き嫌い	*9 伊勢湾台風。
		6				常識	
		11				良心	12 芸術院会員となる。
35	1960	1				歴史	
		1				無私の精神	*6 安保反対運動で樺美智子死亡。
		2			㉓	言葉	*8 ローマオリンピック。
		4	58	12		或る教師の手記	*10 社会党委員長、浅沼稲次郎刺殺される。
		10				東京	
		11				「プルターク英雄伝」	
36	1961	1				忠臣蔵I	*4 ソ連ガガーリン、世界初有人宇宙飛行。
		6	59			学問	*8 東ドイツ、ベルリンの壁構築。
		11			㉔	弁名	*9 大鵬、柏戸、横綱に昇進（大相撲柏鵬時代の幕開け）。
37	1962	2	60			考えるという事	*2 東京都、常住人口一千万人突破（世界初）。

昭和		月					
37	1962	5	60			壺	
		6				鐔	
		8				還暦	*8 堀江謙一、ヨットで太平洋単独無寄港横断。
		11		12	㉔	季	
38	1963	1	61			哲学	6 ソ連作家同盟の招きにより、ソビエト旅行に出発。
		1				青年と老年	11 文化功労者として顕彰される。
39	1964	1	62			批評	
		1				「近代芸術の先駆者」序	*10 東海道新幹線開業。
		2			㉕	ソヴェトの旅	*10 東京オリンピック開催。
		10				常識について	
40	1965	3	63			信楽大壺	6 「本居宣長」の連載を開始する。
		10		13		人間の建設〈対談〉	8 京都で岡潔と対談。
42	1967		65				11・3 文化勲章を受章。
47	1972	2	70			生と死	*7 第一次田中角栄内閣成立。
48	1973	10	71		㉖	読書の楽しみ	*10 オイルショック。
49	1974	1	72			新年雑談	*3 ユリ・ゲラー来日。
50	1975	3	73			信ずることと知ること	*4 ベトナム戦争終結。
52	1977	10	75		㉗	本居宣長	*9 王貞治、本塁打の世界記録を樹立。
53	1978	1	76			感想	*8 日中平和友好条約。
		4		14		自分の仕事	
54	1979	1	77		㉘	本居宣長補記Ⅰ	
		3				ルオーの版画	

昭和	55	1980	2	78	14	㉘	本居宣長補記Ⅱ	9 友人河上徹太郎死去、78歳。
	56	1981	7	79			河上君の全集	
	57	1982	1	80			「流離譚」を読む	
	58	1983						3・1 永眠、享年80。
平成	13	2001						4 第5次『小林秀雄全集』刊行開始（02年7月完結）。 4・11 生誕百年。
	14	2002						10 『小林秀雄全作品』（第6次『小林秀雄全集』）刊行開始（05年5月完結）。

後　記

本書に掲出した小林秀雄の文章は、原文を段落冒頭から抜粋した場合も、中途から抜粋した場合も、それらの別を示すことはしていません。原文を文末まで抜かずに留めた場合は掲出文の末尾に「……」を付してその旨を示しています。論文等への引用時はいずれも原文と照合下さい。

文中の〔　〕内は編者による参考注記です。本書掲出文の出典である『小林秀雄全作品』（全二十八集別巻四、新潮社版、発売中）では全文に脚注が施されています。

本書の編修は、〈新潮社小林秀雄全集編集室〉が担当しました。その際、堀内督久氏、杉本圭司氏の懇切なご助力をいただきました。記して謝意を表します。

新　潮　社

小林秀雄　1902（明治35）年東京生まれ。日本の近代批評の創始者・確立者。「人生いかに生きるべきか」を生涯のテーマとして芸術・哲学から科学まで広範に考究、人生の教師と称された。83年没。

Ⓢ新潮新書

209

人生《じんせい》の鍛錬《たんれん》

小林秀雄《こばやしひでお》の言葉《ことば》

新潮社《しんちょうしゃ》　編

2007年4月20日　発行
2025年7月20日　13刷

発行者　佐　藤　隆　信

発行所　株式会社新潮社

〒162-8711　東京都新宿区矢来町71番地
編集部(03)3266-5430　読者係(03)3266-5111
http://www.shinchosha.co.jp

年譜図版製作　綜合精図研究所
印刷所　錦明印刷株式会社
製本所　錦明印刷株式会社

ISBN978-4-10-610209-7　C0295

価格はカバーに表示してあります。